독자님, 이렇게 책으로 만나뵙게 되어 영광입니다.

블로그, SNS, 유튜브 등에 이 책을 읽은 리뷰를 남겨주시면

큰 힘이 됩니다.

리뷰에는 사진을 찍어 올려주시면 더욱 감사합니다♡

동영상으로 촬영하셔도 됩니다.

독자님의 따뜻한 감상평은 독서의 시간을 더욱 아름답게 할 것입니다.

앞으로도 더 좋은 책으로 만나뵙겠습니다.

인생을 바꾸는 글쓰기의 마법

인생을 바꾸는 글쓰기의 마법

초판 1쇄 발행 | 2020년 8월 17일

지은이 | 나애정
펴낸이 | 김지연
펴낸곳 | 생각의빛

주 소 | 경기도 파주시 한빛로 70 515-501
출판등록 | 2018년 8월 6일 제 406-2018-000094호

ISBN | 979-11-90082-59-4 (03810)

원고 투고 | sangkac@nate.com

* 값 13,200원

* 생각의빛은 삶의 감동을 이끌어내는 진솔한 책을 발간하고 있습니
다. 참신한 원고가 준비되셨다면 망설이지 마시고 연락주세요.
이 도서의 국립중앙도서관 출판예정도서목록(CIP)은 서지정보유통지
원시스템 홈페이지(http://seoji.nl.go.kr)와 국가자료종합목록 구축시
스템(http://kolis-net.nl.go.kr)에서 이용하실 수 있습니다. (CIP제어번
호 : CIP2020032233)

인생을 바꾸는 글쓰기의 마법

나애정 지음

생각의 빛

제1장 글쓰기에 자신 없다면, 그것은 당연하다

글쓰기를 언제 해봤을까? … 9

글만 쓰려면 왜 머리가 하얗게 변할까? … 15

글 못써도 된다 일단 써봐라 … 20

쓰는 것은 인간의 본능이다 … 25

짧게 쓰면 길게도 쓸 수 있다 … 30

A4 2장 쓰기 도전해라 … 35

나만의 쓰기 규칙을 만들어라 … 40

제2장 글쓰기를 해야 하는 진짜 이유

글쓰기가 라이프스타일을 바꾼다 … 46

하루 중 가장 가치 있는 시간, 새벽을 발견하다 … 51

망가진 자존감의 회복은 덤이다 … 56

쓰기 위해 더 많이 읽는다 … 61

내가 태어난 이유, 인생목표를 인지한다 … 66

글 쓰는 사람은 출간도 시간문제 … 71

메신저를 향해 삶은 이동한다 … 76

제3장 글을 쉽게 쓰는 7가지 지침

처음 쓴 글은 대부분 서툴다 … 82

모든 글쓰기에 서론-본론-결론을 적용시켜라 … 87

간단하게라도 개요부터 쓰라 … 93

단문 위주로 쓰되 장문도 써야 한다 … 98

한 문장을 쓸 때는 길어도 두 줄을 넘기지 마라 … 103

한 문단 쓰는 기술을 익혀라 … 108

평상시 A4 두 장 쓰기, 글쓰기의 근육을 키워라 … 112

제 4장 글 쓰는 습관, 생활에 장착하는 원칙

글쓰기가 어렵다는 부정적 의식에서 벗어나라 … 118

자판 두드리는 시간을 늘려라 … 123

한 줄이라도 매일 쓰라 … 127

기분 따지지 말고 써라 … 132

남의 글, 필사부터 해라 … 137

새벽 1시간, 쓰는 시간으로 정해라 … 142

블로그로 쓰기 습관 굳혀라 … 147

제 5장 쓰는 대로 우리는 살아간다

많이 쓰는 것, 무조건 쓰는 것이 답이다 … 153

완벽하지 않아도 된다 … 158

원하는 삶이 있다면 글부터 써라 … 163

쓰기 때문에 제대로 배운다 … 168

쓰면 변화된다 … 173

글 쓰기만큼 인생에서 든든한 것도 없다 … 178

글쓰기는 곧 성장, 도전, 기회, 삶의 변화이다 … 183

제1장

글쓰기에 자신 없다면, 그것은 당연하다

글쓰기를 언제 해봤을까?

책 쓰기를 한 사람과 책 쓰기를 못한 사람 사이의 차이는 무엇일까? 《당신의 책을 가져라》의 저자 송숙희는 말했다. 책을 쓴 사람은 의심을 거두고, 일단 썼고, 되든 안 되든 한번 해보겠다고 덤볐던 사람이다. 나는 이것을 글쓰기에서도 그대로 적용한다. 다소 긴 글을 쓰지 못하는 사람은 일단 쓰지 않았고, 의심했고, 되든 안 되든 한 번 해보자라고 덤비지 않았기 때문이다. 의심을 거두어들이고 일단 써보자. 쓰는 것은 누구나 충분히 할 수 있다. 다른 사람에게 피해를 주는 것도 아니다. 나 혼자 얼마든지 해볼 수 있는 일이다. 약간의 결심과 함께 아무 이야기나 써내려 가면 된다. 그렇게 하다보면, 경험이 쌓여서 계속 쓸 수 있는 힘이 생기는데, 아쉽게도 그것이 쉽지 않았다. 쉬운듯 하면서도 어렵다.

초등학생 때였다. 나는 집안 책장에서 책을 끄집어내면서 놀다가 예쁜 표지의 책 한 권을 발견했다. 호기심에 책표지를 넘겼다. 거기에는 시처럼 짧은 글이 적혀있었다. 그림도 그려져 있었다. 다시 앞표지를 확인해보니, 저자 란에 언니 이름이 적혀있다. '아니, 이거 뭐야?', 언니가 이 문집을 만들었나?, 다시 책장을 넘기고 글을 읽었다. 그 의미를 자세히는 모르겠지만, 어쨌든 언니가 글을 쓰고 책처럼 그것을 묶어놓은 것이다. 아마도 학교에서 만든 것 같은데, 그것을 보고 나는 약간의 충격을 받았다. 책은 특별한 사람, 유명한 사람만이 쓰는 것으로 알았는데, 나와 같은 집에서 사는 언니도 책을 쓰네, 라고 생각했다. 어린 나이에 언니의 문집은 하나의 책이었다.

나는 그 날 이후 언니처럼 글을 쓰겠다고 마음먹었다. '언니가 했는데, 나라고 못하라는 법 있어?', 라는 마음으로 결심을 했다. 언니와 나는 7살 나이 차이가 난다. 그렇지만 나는 언니가 하는 일은 다 따라서 하고 싶고, 언니보다 더 잘하고 싶은 마음이 있었다. 언니의 둥글둥글하면서도 날린 글씨체도 멋지게 보여, 한 동안은 그 글씨체를 따라하겠다고 열심이었다. 결국 비슷해지기는 했지만 언니가 부드러운 분위기를 풍기는 글씨체라면 나의 글씨체는 딱딱하면서 뭔가 자연스럽지 못한 날린 글씨체가 되어버렸다. 이번 문집은 제대로 해보아야지, 라고 생각하고, 연습장에 시부터 쓰기 시작했다. 짧게 써야 시라는 생각에 최대한 짧게 쓰면서 쓰고 난 뒤 여백에는 그림까지 그려나갔다.

그렇게 열심히 문집을 하나씩 만들어 갔지만, 나는 중간에 포기 하고 말았다. 이유는 흥이 안 났기 때문이다. 시를 쓰고 그림을 그렸지만 그 누구도 관심을 안보였다. 그래, 너 잘한다, 라고 조금만 흥을 북돋워 주었다면 그 열정을 계속 이어갔을지 모른다. 흥이 없으니, 한 순간에 굳게 한 결심은 사라져 버렸다. 자존심이 상해 언니한테는 보여주지도 않았다. 어린 아이의 야심찬 각오는 주변 환경의 무관심으로 끝까지 이어지지 못했다. 또 원래 아이들의 관심도는 오래가지 못한다는 영향도 있었을 것이다.

우리는 글 좀 쓰라, 라는 말을 거의 듣지 않고 자랐다. 물론 일기를 써라, 라는 말을 듣기는 했지만, 일기와 글은 또 다른 느낌이 있다. 글은 자신의 의사를 논리정연하게 표현해 보는 것, 이라는 느낌이 강하다. 그것에 비해 일기는 자신의 마음을 그냥 써내려 간다는 것, 그리고 누군가에게 보여주지 않는다는 점에서 다르다. 일기도 좋지만 일기보다는 다른 사람에게 보여주는 글을 써보는 것이 필요하다. 하지만 그런 글에 대해서는 그 누구도 해보라는 격려의 소리를 듣지 못한 것 같다.

아이들은 글 쓰는 것보다는 공부하는 것을 더 중요하게 생각한다. 내가 어릴 때도 마찬가지였다. 공부의 중요성을 강조했다. 공부를 잘하면 미래가 보장된다고 생각하는 어른들이 대부분이었다. 우리의 부모님도 예외는 아니었다. 언니는 공부를 잘했다. 전교 상위권에서 내려온 적이 없다. 중학교, 고등학교 항상 성적이 좋으니, 집안일에서 제외되었다. 밥을 할 때도 엄마는 이야기하셨다. "언니는 공부해야 하니까, 애정이 네가 가서 밥 좀 해라." 몸이 자주 아프셨던 엄마는 7살이나 많은 언니를 제쳐두고, 나한테 밥을 지으라고 말하시곤 하셨다. 처음에는 잘 몰랐다. 그것이 무슨 의미인지, 하지만 시간이 지나면서 어렴풋이 어린나이에도 알게 되었다. '아! 공부를 잘하면 저렇게 대접을 받는구나!' 초등학생 때부터 그렇게 나는 공부의 중요성을 깨우치게 되었다.

학교에서도 예외는 아니다. 학교에서 조차 공부 잘하는 아이들은 대우를 받는다. 내가 학교 다닐 당시, 학생 인권이 그렇게 중요시 되지 않는 시대였다. 스승과 무조건 복종해야 하는 제자의 위치만이 있는 시대, 선생님이 시키는 일은 어떤 일이라도 즐거운 마음으로 웃으며 받아들여야하는 시절, 공부 잘

하는 아이들은 웬만한 청소도 열외였고 좀 불합리하다고 느꼈지만 그것을 받아들여야 했다. 나름 이유가 있고, 열외 할 수밖에 없는 상황이 있었겠지만, 그래도 공부를 잘하는 아이들을 선생님은 챙겨주셨다. 그래서 공부 잘 하는 아이들이 더욱 부러웠다. 또한 멋있어보였다. 나도 열심히 해서 꼭 공부 잘하는 멋있는 아이가 되어 선생님한테 귀여움을 받고 싶었다. 마음이 그렇게 되어졌다. 눈치까지 없지는 않았던 것이다. 그렇게 공부에 대한 중요성을 온 몸으로 느끼면서 자연스럽게 공부에 대한 열의를 불태웠다.

공부에 대한 열망이 강해지면서 공부 외의 것에는 그 만큼 가치를 덜 느끼게 되었다. 공부가 최고인데, 그 외의 것은 아무것도 필요하지 않은 것처럼 느꼈다. 더욱 정확히 말하면 공부 외의 것에 관심이 떨어지게 되는 것이다. 어쩌면 공부보다 중요한 것들이 많이 있는데, 공부에만 집중함으로써 다른 것을 보지 못하게 된다. 짧은 기간이었지만, 어릴 때 시를 쓰고 그림을 그려야겠다고 열정을 쏟았다가 흐지부지 된 것도 이런 영향이다. 사실 지금 돌이켜 보면 그때 그렇게 쓰기를 계속 했더라면, 더 일찍 글을 쓰는 삶을 살지 않았을까 생각해본다.

대부분의 사람이 나의 경우와 크게 다르지 않을 것이다. 학창시절에 공부중심으로 생활을 했을 것이다. 글쓰기는 그렇게 중요하지 않았다. 지금은 상황이 조금 바뀌었지만 그래도 공부 위주의 교육에서는 크게 벗어나지 못하고 있다. 모든 사람이 공부를 다 잘할 수 없다. 하지만 많은 사람이 공부를 잘하기 위해 많은 것을 포기하고 공부에만 열중한다. 나는 차라리 공부보다는 글을 쓰기를 권하고 싶다. 글을 쓰면 공부 하는 이상의 긍정적인 효과를 얻을 수 있다. 공부 때문에 고통스럽지도 않고 오히려 행복하다.

지금이라도 글을 쓰면 변화된다. 글쓰기 좋은 나이는 따로 없다. 만약 쓴다면, 쓰면서 변화되는 것들이 많다는 것을 느끼게 된다. 삶에 긍정적인 대변화가 휘몰아친다. 아주 짧은 기간 내에 그것을 체험할 수 있다. 꾸준히 쓰는 사람을 당할 수 없다. 아무리 능력을 타고 나고, 그것을 잘하는 사람이라도 꾸준히 하지 않는다면 그 능력을 잃어버린다. 언니가 학창시절 문집을 쓰고, 교내 백일장에서 상을 탔지만 그 능력을 계속 이어가지 못했다. 오히려 현재는 내가 작가가 되었다. 나는 글을 쓰면서 빠르게 삶이 변화되었다. 이제는 매일 새벽 일어나서 글을 쓴다. 그리고 매일 나의 삶은 변화되고 있다.

글쓰기는 최고의 자기계발 방법이다. 글을 씀으로써 의식이 제대로 변화된다. 어떤 주제를 정해서 그것에 대해 글을 쓴다고 생각해보자. 우선 그 주제에 대한 정보를 수집하게 된다. 인터넷 검색부터 하고, 그 다음 그 주제의 책을 온라인 서점에서 검색해본다. 검색 후 한 책의 목차를 들어가서 그 주제와 관련된 키워드를 확인하게 된다. 그리고 그것에 대한 아이디어를 얻게 된다. 그 아이디어를 참고해서 그 주제와 관련된 나의 주장이나 메시지를 한 문장으로 정한다. 그리고 주장이나 메시지에 관련된 내용의 사례들을 나의 과거, 현재, 미래를 되새겨보면서 찾게 된다. 그렇게 나의 주장이나 메시지와 사례를 적음으로써 글쓰기를 할 수 있다. 이렇게 하면 그 주제에 있어서는 많은 것을 알게 되고 나의 소신도 가지게 된다. 그렇게 그 주제에 한해서는 많은 것을 배우고 깨닫는 계기가 되고 그것은 나의 삶에 긍정적인 변화의 실마리가 된다. 읽는 것 이상으로 쓰는 것은 우리를 성장시키고 변화시킨다.

학창시절 공부 위주로 하다 보니, 글 쓸 기회를 갖지 못했다. 사실, 글을 써야겠다는 생각 자체를 하지 못했을 것이다. 다소 긴 글쓰기는 특별한 사람만이 하는 것이라고 생각한다. 하지만 지금은 시대가 바뀌었다. 이제는 오히려 누구나 글이란 것을 쓸 수 있어야 하는 시대가 되었다. 그리고 누구나 글을 쓰고, 책을 쓰며 작가도 된다. 약간의 의지와 결단이 있다면 충분히 가능하다. 공부보다 글쓰기로 얻는 것들이 더 많다는 것을 써보면 제대로 알 수 있다. 공부 이상의 가치들, 글쓰기를 통해서 얻는다. 그 동안 글쓰기의 가치를 제대로 몰라서 못했고 글 쓸 환경이 아니어서 글쓰기에 대한 의식도 행동도 없었다. 하지만 이제는 글쓰기를 통해서 얻을 수 있는 수많은 삶의 변화들을 인지하고 앞으로는 매일 조금씩 써보리라 결심하길 바란다.

글만 쓰려면 왜 머리가 하얗게 변할까?

글 쓰는 것이 쉽지 않다. 쓰겠다는 마음을 먹고 노트북을 켜고 한글파일을 열고 하얀 종이 위의 깜박이는 커서를 마주하고 앉아있다. 5분이 지나고 10분이 지나도 자판을 두드리지 못한다. 무엇을 어떻게 써야 할까? 생각할수록 머리는 복잡해지고 실타래마냥 엉킨다. 스마트 폰의 메시지를 보낼 때는 이 정도는 아니다. 생각나는 대로 감정이 이끄는 대로 나의 마음을 쓴다. 그렇게 특별할 것도 없고 그렇게 어려워 피하고 쉽지도 않다. 메시지 보내기는 그냥 평범한 일상으로 밥 먹는 것과 같다. 그렇게 일상처럼 글을 쓰고 있지만 딱 거기까지이다. 좀 더 긴 글을 쓰고자 하면 머리는 하얗게 변한다. 무엇이 문제일까? 나만의 문제인가? 아님 다른 사람도 그런가?

나는 첫 직장을 그만두고 간호학원을 잠시 다녔다. 간호사 자격증이 있어 사람들을 가르쳤다. 이 시기는 간호사생활을 거의 10년 가까이 하고 난후 새로운 직장을 위해 준비하는 기간이었다. 낮에는 공부를 하고 저녁에는 간호학원 강사로서 간호조무사 국가고시 시험공부를 하고 있는 사람들을 가르쳤다. 학생들의 나이는 다양했다. 아직 고등학교 졸업하지 않은 실업계 고2학생에서부터 경력 단절이었다가 새로운 직장을 구하려는 가정주부까지 여러 연령층이 있다.

누군가를 정식으로 가르쳐 본 경험이 이때가 처음이다. 처음이다 보니 긴장된다. 저녁타임 수업이다 보니, 학생 수는 많지 않았다. 많아봐야 10명 이내이다. 적은 규모이지만 강의를 하는데 그 수는 크게 영향을 미치지 않는다. 강의 긴장감을 해소하는데 인원수가 적다고 더 안정감을 갖는 것은 아니다. 나의 전공과목임에도 소용이 없었다. 오로지 강의를 해야 한다는 그 자체가 엄청난 부담으로 다가왔다. 정말 머릿속이 하얗게 변했다.

지금은 남 앞에 나서는 것이 그렇게 두렵지 않다. 그 당시 간호학원 강사를 1년 넘게 했다. 나는 수업에 들어가면 먼저 간단히 인사부터 나눈다. 개인적인 이야기도 한다. 학생들이 재미와 흥미를 느낄 수 있는 소재들을 평상시 모아두었다 활용했다. 이것도 요령이 생기면서 본 수업과 관련된 이야기들을 한다. 그리고 수업에 들어갔다. 먼저 오늘 수업과 관련돼 이야기를 나누었기 때문에 학생들은 강의에도 호기심을 가지고 집중한다. 50분 수업 중, 거의 막바지 시점에는 수업한 내용을 마무리한다. 학생들이 길게 여운을 가질 수 있게, 마음에 남을 수 있게 정리를 해준다. 학생들이 기억할지 못할지를 미리 걱정하지 않고 나는 나의 최선을 다해 수업을 했다. 그렇게 1년 동안 거의 매일 강의를 하다 보니, 남 앞에 서는 것이 평범한 일상의 일처럼 느껴졌다.

강의 횟수가 늘어나면서 나는 어떻게 강의를 해야 하는지 알게 되었다. 날이 갈수록 강의 횟수는 늘어났다. 그럼으로써 자연스럽게 터득되는 강의법인 것이다. 어떤 내용이라도 그것을 말하는 룰 같은 것이 있다. 앞에서도 잠깐 이야기했지만 우선은 들어가는 말이 필요하고, 그 다음이 본론, 그리고 마지막 결론인 것이다. 이런 형식으로 하되, 그 속에 채우는 이야기, 일화, 사례는 적절하게 선택하는 기술이 필요하다. 이 기술은 점점 좋아졌다. 아주 사소한 것에서도 오늘 나의 강의와 연결하는 습성이 생겼다. 별것 아닌 일상사도 나에게는 좋은 강의 자료가 되었다. 코미디, TV 프로그램을 보면서도 재미있는 것을 일부러 기억해 둔다. 그리고 수업시간에 피곤하여 졸려하는 시점에 그것을 풀어낸다. 그러면 잠이 깸은 물론 분위기도 업되어 더욱 재미있는 수업, 강의가 된다. 이런 것은 처음부터 알 수 없다. 강의 횟수가 늘어나면서 자연스럽게 알게 되고 터득되는 내용들이다.

글쓰기도 마찬가지이다. 우리가 글을 쓰려고 하면 머리가 하얗게 변하는 것은 강의할 때 긴장되어 아무 생각 안 나는 것과 같다. 해보지 않았는데, 자신 있게 그것을 해낼 수 있는 사람이 얼마나 되겠는가? 머리가 하얗게 되지 않는다면 이상한 것이다. 강의를 일상처럼 하게 되면, 강의법을 터득하고 자연스럽게 강의하듯이 글쓰기도 일상처럼 할 때, 글 쓰는 법을 깨우치고 더 쉽고 만만하게 쓸 수 있게 된다.

2018년 4월 나는 내 인생 첫 책 《하루 한권 독서법》을 출간했다. 출간하기 전 원고 쓸 때, 나는 그렇게 긴 글을 처음 써보았다. A4용지, 2장에서 2장반의 글을 쓸 일이 그 동안 없었다. 물론 일기라는 것을 썼었다. 대학 다닐 때 나는 기숙사 생활을 하면서 답답한 마음에 일기 쓰기를 했고 그것을 통해서 그때의 감정들을 환기시키곤 했다. 화가 날 때, 일기를 썼다. 짜증나고 억울하고, 모든 부정적 감정이 있을 때 마다, 일기장을 찾았다. 좋은 일이 있을 때는 말할 것도 없었다. 그렇게 감정을 쏟아내는 목적으로 일기를 썼었다. 하지만 그것은 한

권의 책으로 묶어낼 수는 없는 글이었다. 내 인생 첫 책을 쓰면서 나는 글 쓰는 방법에 대해 고민을 했다.

책을 쓰기 위해 나는 글 쓰는 방법의 기본을 공부했다. 내가 공부한 것은 보편적인 방법인 서론-본론-결론이다. 이 방법이 최고의 방법으로 그 외, 다른 것은 없었다. 글을 쓰기 전 머리로 간단히 무엇을 쓸 것인가를 생각했다. 그리고 쓰기 시작하면서 머릿속에 있는 것을 끄집어내면서 정리했다. 하지만 눈으로 보여 지지 않는 자료들은 금방 잊어버리기도 하고, 머리에서 아예 사라지기도 한다. 쓰기 직전 내가 무엇을 쓰겠다고 생각했지만 10분, 20분, 시간이 지나면서 그것은 신기루처럼 날아간다. 그리고 헤맨다. 글 진행이 안 된다. '왜 이렇게 안 풀리지 서론 쓰고 본론 중간까지 썼는데, 도저히 더 쓸 수가 없네.' 이런 마음이 들 때가 한 두 번이 아니었다.

그래서 나는 같은 시기에 글을 쓰는 작가에게 물어보았다. 그 작가는 나의 대학 동기이면서 친구이다. 그 친구 말에 의하면 자기는 한 꼭지 쓰기 전에 마인드맵을 그린다는 것이다. 마인드맵 들어봤을 것이다. 핵심 키워드를 중심에 두고 문어발식으로 생각이나 아이디어를 넓혀가는 것이다. 즉 쉽게 말해서 꼭지 제목에서 핵심키워드가 있을 것이다. 그것을 중심에 두고 그것과 관련된 분야를 3~4개 적는다. 그리고 그것을 바탕으로 또 다시 연관된 개념들을 적는다. 이렇게 해서 꼭지 글을 쓴다는 것이다. 여기서 꼭지란 보통 책에서 목차중 소제목을 말한다. 작가들 사이에서 이 소제목을 꼭지라고 표현한다.

그래서 나는 마인드맵 대신 개요쓰기를 현재는 하고 있다. 마인드맵이 주로 그림에 가깝다면 개요쓰기는 글이다. 개요쓰기는 아주 간단히 만든다. 본격적으로 꼭지 글이나 기타 글일 경우 쓰기 직전이나, 하루 전에 그 꼭지제목 혹은 글 제목을 생각한다. 그리고 서론-본론-결론을 적고, 그 각 영역에 무엇을 넣을 것인가 기록한다. 아주 간단히 기록한다. 본론은 서론과 연관되어야 하고 결론은 서론, 본론과 연결해서 마무리 짓는다. 전체적으로 글의 제목이 관통하도록 개요를 작성하고 글을 쓰기 시작한다. 개요쓰기를 할 때와 안할 때는 차이를 느낀다. 개요는 스키를 탈 때 사용하는 폴대와 같은 역할을 해준다. 스키의 폴대는 스키 타는 중에는 공중에 떠 있을 때가 많다. 방향을 바꿀 때나 간단히 땅을 의지해야할 때 폴대를 사용한다. 아주 간단한 사용이지만 폴대가 있을 때와 없을 때 마음상태가 다르다. 그것처럼 글쓰기 전 개요쓰기도 그렇다. 있을 때랑 없을 때 확연히 다른 느낌을 받는다. 일단 개요가 있으면 든든하고 자신감이 생긴다. 글의 전체적 구조나 윤곽 그리고 주 내용은 이미 어느 정도 결정된 셈이기 때문이다.

글을 쓰려고 하면 머리가 하얗게 변하는 이유는 글 쓰는 기술이 약해서이다. 글을 오랫동안 썼다고 해서 그냥 알아지는 것이 아니다. 가장 강력한 글쓰기 도구는 2가지이다. 글쓰기 전 개요쓰기와 서론-본론-결론 형식을 활용하는 것이다. A4 2장의 글을 3시간 만에 쓴다고 했을 때 개요쓰기를 통해 서론-본론-결론에 무엇을 쓸지 정해두면 쓸 때부터 든든해진다. 그리고 글을 쓰다가 옆길로 빠지지도 않는다. 쓰면서 서론-본론-결론에 들어 갈 내용을 확인하기 때문이다. 강의를 할 때 머리가 하얗게 되는 것도 강의법을 잘 모르기 때문이듯이 글쓰기 할 때 머리가 텅 빈 듯 멍한 것도 글쓰기 방법을 몰라서 인 것이다. 글쓰기 방법 2가지 기술을 터득하고 연습해서 내가 말하고 싶고, 강조하고 싶은 글, 자유자재로 쓰라. 그래서 긴 글쓰기도 또 하나의 무기가 되길 바란다.

글 못써도 된다
일단 써봐라

엄마들은 집에서 아이들을 가르치다 보면 쉽게 힘이 빠지는 것을 느낀다. 공부 시작한지 단지 10분이 지났을 뿐인데, 자동 발화되는 화를 억누르기 위해서 인내심을 발휘해야 한다. 우리아이들도 역시 마찬가지이다. 종종 나에게 화를 안겨다 준다. 나의 아이들은 초등학교 저학년, 좋은 습관을 들이기 위해서 매일 하는 공부가 있다. 우리는 현재 필리핀 세부에서 잠시 세부 살이를 하고 있다. 아이들이 학교 수업을 잘 따라가도록 하기 위해 나는 영어 동화책 읽고 쓰기를 시킨다. 그리고 한글동화책도 마찬가지로 그렇게 시키고 있다. 혹자는 동화책을 공부의 대상으로 삼으면 아이들이 책을 싫어한다고도 한다. 하지만 난 동화책만큼 좋은 교재도 없다고 여겨 공부의 교재로 잘 활용하고 있다. 동화책이 좋은 가장 큰 이유는 일단 내용을 어느 정도 알고 있어 내용에 대한 부담이 적다. 영어 동화책인 경우 내용은 알고 있어 영어에 대한 부담이 조금은 줄어들고 아이들이 자신감을 가질 수 있다.

나는 아이들 공부하는 것을 가끔 봐준다. 아직 아이들 어리다 보니 매일 집 공부하는 것을 봐주어야 하지만 그렇게 못할 때가 많다. 집에서 하는 것을 집 공부라고 이름 붙였다. 하루는 아이들에게 물어보았다.

"수홍이, 정아 집 공부했어?, 안 했으면 엄마랑 같이 하자."

현재 아이들이 하는 집 공부는 크게 3가지이다. 영어 동화책 읽기, 한글 동화책 읽기, 수학책 풀기이다. 집 공부를 하기 위해 3가지 책과 노트를 가지고 오라고 했다. 우선 가장 중요한 공부, 외국에 있다 보니 영어동화책부터 읽게 한다. 아직 아이들이 영어책을 잘 읽지 못하기 때문에 영어 동화책은 될 수 있으면 봐주려고 한다. 영어 동화책은 완전히 읽을 때까지 여러 번 반복해서 읽게 한다. 현재 최소 3번이상은 읽은 책이다. 함께 책을 잡고 앉아서 아이가 읽는 것을 들어보았다. 아직 잘 읽지 못한다.

아이가 영어 책을 잘 읽지 못하는 부분은 한글로 따지면 모음에 해당되는 부분이다. 그 부분은 A, I, E, O, U이다. 자음에 해당되는 알파벳의 파닉스는 어느 정도 알지만 이 부분은 단어에 따라서 다양한 발음이 되기에 어려워한다.

모음에 해당되는 영어 알파벳을 잘 읽지 못하기에 반복해서 시킨다. 최소 3번 이상 읽힌다. 읽지 못하는 영어 단어는 모음에 해당하는 알파벳만 알면 읽을 수 있기 때문에 그곳에 밑줄을 긋고 한국말로 발음을 메모하게 한다. 그렇게 처음부터 끝까지 메모를 마친 상태에서 다시 책을 읽으라고 했다. 정아 같은 경우에는 메모를 해놓아도 헷갈려한다. 아직 한글에도 완전히 익숙하지 않은 상태이기 때문이다. 하지만 반복해서 나오는 단어인데도 반복해서 읽기 어려워하는 것은 이해가 되지 않았다. 여러 번 가르쳐 주었지만 모른다. 그냥 장

난으로 하는 느낌이다. 이럴 때 정말 화가 난다. 정성들여 가르쳐 주는데, 건성으로 공부하는 것 같기 때문이다. 하루는 혼을 냈다. 단어를 계속 읽고 쓰기를 100번씩 하라고 일렀다. 그렇게 화를 내지 말았어야 했는데, 화를 내고 나는 후회를 했다.

결국 아이는 그 다음날부터 집 공부하기를 거부한다. 특히 엄마와 함께 공부하자는 이야기는 더욱 싫어한다. 모르는 단어 하나 가르쳐 주려다 아이에게 공부에 대한 나쁜 기억만 심어주게 되었다. 사실 아이가 단어하나 머리에 집어넣는 것보다 더 중요한 것이 있었다. 그것은 공부를 자기 속도에 맞추어서 매일 하게 하는 것이다. 매일 하다보면 조금씩 잘하게 되고, 잘하게 되면 재미를 느끼게 되고, 재미를 느끼면 더욱 열심히 하게 된다. 그렇게 생활에서 공부하는 습관이 자리 잡게 되는 것이다.

글은 그냥 쓰는 것이 중요하다. 우리는 간혹 중요한 부분을 망각한다. 일상에서 수없이 이런 일은 일어난다. 아이들 공부습관들일 때 엄마들은 당장 아이가 제대로 알기를 원한다. 하지만 지금 당장 한 가지를 알기보다 꾸준히 공부하는 것 자체가 중요한 것이다. 글쓰기도 마찬가지이다. 당장 글 잘 못써도 된다. 지금은 잘 쓰는 것을 바라서는 안 된다. 아이들이 공부를 잘 못하더라도 꾸준히 하는 것이 중요하듯이 우선은 글을 꾸준히 쓰는 것이 중요하다. 매일 쓰다보면 생활이 되고 생활이 되면 글도 잘 쓰게 된다. 처음부터 잘 쓰려는 욕심을 버려야 한다. 지금은 글을 잘 쓰는 것보다 글을 쓰는 것에 주안점을 두어야 한다.

내 인생 첫 책 《하루 한권 독서법》 원고를 쓸 때이다. 목차를 만들고 37꼭지를 써야 했다. 1꼭지 당 A4 2장에서 2장반씩을 워드로 쳐야 한다. 그 원고를 쓰기 전에는 글이라는 것을 써보지 않았다. 대학 때 일기 쓰는 것. 그것이 전부였다. 누구나 일기 한번쯤은 써봤을 것이다. 일기는 자기만 보는 글이다. 누구에게 보여주지 않는다. 내가 하고 쓰고 싶은 대로 아무 것이나 다 쓰면 된다. 사실 남에게 보여주기도 민망할 정도인 글이 많다. 책 쓰기는 남에게 보여주기 위한 글이다. 형식을 갖추어야 하고, 내용도 다른 사람이 공감하고 거기에 플러스 동기 부여, 정보제공까지 되면 좋다. 갑자기 글 쓰는 스타일을 일기에서 타인이 읽는 글쓰기로 바꾸어야 했다.

어떻게 글을 써야 할까? 고민하다가 내가 선택한 방법은 필사부터 하자는 것이었다. 일단 나의 몸을 글 쓰는 몸으로 만들기 위해 매일 글을 쓰자고 생각했다. 무슨 글이든 좋다. 내 글이 아니어도 좋다는 생각으로 필사를 시작했다. 필사는 다른 사람이 쓴 책을 그대로 워드로 치는 것이다. 비록 내 글은 아니지만 필사를 하면 매일 글을 쓸 수 있다. 글을 쓰는 연습을 하는데, 내 글만 쓰라는 법은 없다. 내 글조차 도저히 어려워서 못쓰겠다고 생각한다면 필사를 하면 되는 것이다. 필사를 통해서 배우는 점도 많다.

필사를 하면 좋은 점은 글 쓰는 몸을 만든다는 것이다. 우선 매일 필사를 실천함으로써 매일 글을 쓰게 된다. 매일 씀으로써 쓰는 것에 익숙하게 된다. 내몸도 익숙하게 되고 내 생활에서도 글 쓰는 시간이 생긴다. 사실 생활에서 새로운 습관을 들이려면 많은 노력이 필요하다. 나름 철저한 계획은 물론 의미 없는 시간을 빼야하는데, 내 삶에 별로 의미 없는 시간이라도 이것을 빼기가 쉽지 않다. 하지만 과감한 결단과 함께 쓸데없이 보내는 시간대신 필사하는 시간으로 바꿀 수 있다.

필사해서 좋은 다음의 것은 배운다는 것이다. 배우는 과정을 봤을 때 오감을 통해서 우리는 배우는 부분이 많다. 눈으로 보고, 입으로 말하고, 귀로 듣고, 손으로 느끼고, 냄새 맡는 것 까지 모든 것이 배움이 된다. 필사할 때 눈으로 보고, 입으로 말하고, 귀로 듣고, 마음으로 느끼면서 할 수 있다. 한 개의 감각보다는 여러 개의 감각을 사용하면 더욱 잘 배울 수 있다. 1꼭지를 어떤 식으로 쓰는지, 서론-본론-결론은 어떻게 쓰는지, 마무리는 어떻게 여운을 남기면서 훈훈하게 끝내는지, 필사하면서 배우게 된다. 자연스럽게 몸에 습득이 되는 것이다.

지금도 나는 처음 글을 쓰는 사람에게 필사를 강조한다. 필사가 없었다면 작가로서의 나는 존재하기 힘들었을 것이다. 매일 글 쓰는 삶, 기적 같은 삶을 평생 알지 못하고 생을 마쳤을지도 모른다.

글을 잘 쓰려 하지 마라. 글을 왜 잘 써야 하는가? 잘 써야 한다고 생각하기 때문에 쓰는 행동자체를 못하는 것이다. 또한 쓰지 않으니 점점 못쓰게 되는 것이고, 이것은 연쇄적인 악순환의 고리이다. 처음부터 잘 쓰는 사람은 이 세상에 아무도 없다. 잘 쓰는 것을 따지기 전에 매일 쓰는 것에 중심을 두길 바란다. 잘 써서 글을 쓰는 것이 아니라 글은 매일 쓰기 때문에 잘 쓰게 되는 것이다. 우리나라 교육 상황에서 글쓰기를 자연스럽게 계발하기는 어렵다. 글쓰기 재능을 타고 난 사람조차도 스스로는 못한다고 생각할 것이다. 왜냐하면 글쓰기를 중요시 하는 교육환경에서 자라지 않았기 때문이다. 그러니, 잘 쓰려고 하지 말고 그냥 써라. 잘 써든, 못써든 그것을 개의치 말고 그냥 쓰기를 진심으로 바란다.

쓰는 것은 인간의 본능이다

인간의 본능, 어떤 상황이 되었을 때 자동적으로 발휘된다. 모성애라는 본능이 있다. 마음 속 깊은 곳에 자리하고 있다가 아이를 낳고 키우면서 들어나게 된다. 평상시 잘 모르던 본능들이 이렇게 어떤 상황이 주어졌을 때, 발견되는 경우는 많다.

읽고 쓰는 것, 또한 인간의 본능이다. 평상시 인지하지 못한 본능이라고 말할 수 있다. 잘하든 못하든 읽고, 쓰고 싶어 하는 욕구를 인간이라면 누구나 가지고 있다. 나의 경우에도 이런 본능이 정말 특별한 상황, 생각지도 못한 위기 상황에서 드러나게 되었다.

내가 책을 읽기 시작한 것은 지금으로부터 6~7년 전부터이다. 지금은 짬 시간에도 읽고 있다. 현재 책 읽는 것은 나에게 특별하지 않은 그냥 일상이다. 책을 읽지 않으면 뭔가 빠진 듯한 느낌을 받는다. 책을 통해서 에너지를 충전하는 것 같아 매일 읽기를 즐긴다. 하지만 나는 어릴 때부터 책 읽기를 즐겨하지는 않았다. 학교 교과서외에 책이란 것을 읽지 않았다. 가끔 친한 친구 집에 갔을 때 친구가 읽던 표지가 두꺼운 책들을 간혹 보긴 했었다. 친구가 손에 책을 들고 읽는 모습을 보면서 나는 생각했다.

"저 책이 재미있을까? 아빠가 한의사라서, 책도 사서 주시는 구나."

라고 생각했다. 그 친구는 아빠가 한약방을 하고 계셨기에 부유한 집안의 딸이었다. 감기만 걸려도 한약을 먹는 아이였다. 집에 찾아가면 한약냄새가 항상 은은하게 풍겼다. 그야말로 부티 나는 집안 분위기에서 살고 있었다. 지금도 그 친구를 생각하면 한약냄새와 책이 생각난다. 나는 그렇게 넉넉한 집안형편도 아니었다. 학교에서 공부 잘하는 것이 최고의 일이라고 생각하면서 자랐다. 다만 책에 대한 추억으로는 그 친구가 있었고, 책이란 것을 저렇게 읽는 아이도 있구나, 하는 유년시절의 기억만이 남아 있다.

나는 늦은 결혼을 했다. 아이도 늦었다. 늦은 나이에 늦은 육아, 거기에다가 직장일 까지 쉽지 않은 상황이었다. 남편이 알뜰살뜰 챙기는 성향도 아니었기에 모든 것들이 나의 일처럼 되었다. 몸은 지쳐갔고, 몸이 지치니 마음까지 힘들어졌다. 더군다나 주말부부를 하고 있었기에 더욱 힘이 들었다. 직장 다니면서 17개월 차이 나는 아이 둘을 책임지기는 버거웠다. 그리고 나이만 먹었지 육아의 '육'자도 모르는 상황이었기에 고민은 깊어져갔다.

궁하면 통한다고 했다. 육아 어려움을 해결하고 좀 더 아이들을 잘 키우기 위해 책을 읽기 시작했다. 책은 그야말로 별천지였다. 왜 진작 읽지 않고 혼자서 고민만 했을까?, 스스로 한심스러웠다. 주변에 도움을 청하기 전에 책으로 해결법을 찾을 수 있었을 텐데, 하는 아쉬움이 들었다. 책에 모든 내용이 들어있었다. 육아면 육아, 사람관계면 사람관계, 직장 일에 대한 정보까지, 내가 원하는 모든 내용들이 널려있었다. 당장 나에게 가장 필요한 것은 육아에 대한 부분이었기에 나는 육아서를 읽고 또 읽었다.

독서는 현실의 문제를 해결하기 위한 최고의 방법이다. 문제없는 사람은 없다. 문제는 문제일 뿐, 그것은 우리가 해결할 수 있는 것들이다. 오히려 문제를 문제로 보지 말고 또 다른 기회로 보면 더 많은 성장을 할 수 있다. 육아라는 문제 아닌 문제로 인해 나는 독서를 알게 되었다. 힘든 상황에서, 어쩌면 그것을 해결하기 위해 찾던 중 가장 손쉬운 방법으로 독서를 알게 된 것이다. 그래서 독서는 우리 인간의 본능이라고 할 수 있다.

쓰는 것도 마찬가지로 인간의 본능에 해당된다. 쓰는 것을 처음 시작한 것은 대학 때이다. 대학 때 나는 일기를 쓰기 시작했다. 생전 글과는 상관없는 삶을 살았었는데, 자연스럽게 일기라는 것을 쓰게 되었다.

나는 국군간호사관학교를 졸업했다. 그곳은 4년 내내 기숙사 생활을 하는 곳이다. 일반 사관학교와 비슷한 시스템으로 나라에서 학생들을 뽑아서 먹이고 입히고 가르쳐 나라의 일꾼으로 키우는 곳이다. 내가 그 학교에 입학한 것은 행운이라면 행운이었다. 하지만 그 당시에는 어리고, 철없는 마음에 기숙사라는 환경을 때론 답답하게 생각했다. 특히 그렇게 생각한 것이 외출이 자유롭지 못했기 때문이었다. 일주일에 3일 외출이 가능했다. 수요일, 토요일, 일요일이다. 수요일은 9시까지 복귀해야했고, 주말에는 외박이 가능했지만 일요일은 역시 9시까지 복귀해야했다. 집에 가려면, 토요일만 가능했다. 한참 하고 싶은 것도 많을 나이에 그곳에서 생활이 조금은 불편했을 것이다.

한 학년은 80명 정도, 친할 수도 있지만 원수가 될 수도 있다. 전국에서 아이들은 왔었다. 표준말, 사투리, 말씨도 다양했다. 나도 지방출신으로 사투리를 쓰고 있었다. 서울 표준말이 그렇게 좋게 들릴 수가 없었다. 표준말 쓰는 아이들에게 믿음이 생기기도 한다. 하지만 4년을 북적거리면서 생활하다보면 좋은 일도 많지만 안 좋은 일도 생긴다. 그럴 때 그것을 잘 풀어나가면 좋지만 아직 배워야 할 것이 많은 미숙함으로 원수처럼 되는 경우도 있다. 나중에는 끈끈한 전우애가 생겼지만 그러기까지 마음의 도를 닦는 과정이 필요했다.

그렇게 기숙사생활이 힘들다고 생각한 나는 글을 쓰기 시작했다. 너무나 자연스럽게 종이에다가 나의 감정을 쓰기 시작한 것이다. 답답한 마음, 울적한 마음, 괴로운 일들, 미움의 감정들과 또 너무나 기쁘고 감사한 일들, 모든 것들에 대해 썼다. 아무리 친하더라도 다 말할 수 없었던 이야기들을 종이위에 써 내려갔다. 그렇게 쓰고 나면 부정적인 마음들이 조금은 풀어져 사라졌다. 마음에 쌓인 독이 쓰는 것만으로도 제거되는 것이다. 정신건강에 좋다. 독한 마음을 품고 있으면 내가 먼저 독에 전염되어 허물어졌을 것인데, 쓰는 것을 통해서 나는 나를 살릴 수 있었다.

글쓰기는 결국 내가 살기위한 것이었다. 나는 알지 못했다. 지금 돌이켜 보니 그렇다. 답답한 마음에 쓰기 시작한 일기가 나를 살린 것이다. 그 당시 혼자서 쓰던 일기가 있었기에 친구들과 잘 지낼 수 있었다. 친구에 대해 미운마음이 들다가도 종이에 모든 감정을 풀고 난 이후에 그 친구에 대한 마음의 여유가 생겼다. 그 친구가 이해가 되었다. 얼마나 힘들었으면 나에게 그랬을까?, 그래도 그 친구밖에 없어, 하면서 친구 편에 서서 상황들을 이해하는 힘이 생겼다. 그 일기가 비록 글이 되든, 되지 않든, 쓰레기 같은 글이라도 상관없다. 그렇게 글쓰기를 하면서 나는 무사히 기숙사 생활을 하고 졸업까지 할 수 있었다.

글쓰기는 인간의 본능이다. 독서도 마찬가지 이지만 특히 쓰는 것은 본능에 가깝다고 할 수 있다. 서대문 형무소나, 아우구스티누스 감옥에서 벽에 수많은 글들이 쓰여 있다. 힘든 상황에서는 인간이 할 수 있는 것 글쓰기, 그것이 있었기에 극한 상황에서도 견뎌낼 수 있는 힘이 되었다. 살기 위해서, 좀 더 견뎌내기 위해서, 좀 더 잘 살기 위해서, 무엇인가를 성취하고 싶은 간절한 마음이 있기에, 우리는 매일 무엇인가를 쓴다. 이제는 글쓰기가 인간의 본능이란 것을 받아들이자, 더 이상 글쓰기에 대해 부정적인 생각을 접어버리자. 이때까지 해보지 않았다고 해서 못할 것이라고 단언하지 말자. 해보지 않았다는 그 글쓰기는 본능이기에 조금만 쓰다보면 본능적으로 쓰게 될 것이다. 씀으로 얻게 되는 희열과 만족감이 대기하고 있다. 평생 쓰는 것 하지 않고 저 세상 가는 사람이 가장 불쌍한 사람이다. 쓰면서 내가 하고 싶은 말 하면서 살아라. 말하듯이, 쓰기도 본능임을 깨닫고 쓰기가 당신의 평범한 생활이 되기를 바란다.

짧게 쓰면 길게도 쓸 수 있다

요즘 사람들에게 글쓰기는 일상이 되었다. 스마트 폰의 영향이다. 글쓰기 자체가 많이 익숙해졌다. 생각해보라, 하루에 메시지를 얼마나 보내는가? 통화를 할 내용도 있지만 간단히 메시지로 주고받을 내용이 많다. 짧게 혹은 길게, 스마트 폰을 통해 우리가 쓰는 글은 하루에도 여러 개가 된다. 거의 매일 글을 쓰고 있다고 할 수 있다. 매일 쓴 만큼 글쓰기에 대한 장벽은 가볍게 넘은 것이다. 인정하든 인정하고 싶지 않던 정황상 그렇다고 볼 수 있다. 이것을 인지하고 받아들인다면 글쓰기에 대한 자신감을 가질 수 있다.

책 읽는 것 습관을 만들고 싶은 사람이 많다. 과거, 나도 그랬다. 습관을 만들기 전에 우선 내가 하고 싶은 행동을 파악해 봐야한다. 내가 정복하기 위한 좋은 행동, 그 습관으로 만들고 싶은 행동에 대한 정보와 판단이 필요하다고 할 수 있다. 책 읽는 행동, 그것의 가장 큰 장애물은 무엇일까? 왜 많은 사람이 책 읽는 것을 습관화하기를 바라면서도 생활에 가져오지 못하는 것일까? 나 자신을 돌이켜 봤을 때, 가장 큰 원인 중 하나는 책을 펴지 못하는 것이다.

일단 책을 펴면 한 자라도 읽게 된다. 어디 한자만 보겠는가? 눈은 자동으로 한 문장, 한 문단, 한 페이지, 그리고 다음 페이지를 넘기게 된다. 이것은 자연스런 순서이다. 책을 편 순간 자동적으로 읽게 된다. 문제는 책을 펴기 전까지가 습관의 가장 큰 걸림돌이라는 것을 알 수 있다. 내가 목표한 책 읽기 습관들이기 해답은 그 행동자체에 있는 것이 아니라 책 쓰기 하기 전의 행동에서 찾아야 한다. 성취하고자 하는 행동의 목표가 있다면 그 목표달성 가능여부는 그 행동 전 단계에 있는 것이다. 결정적인 핵심은 눈에 보이지 않는 마음상태와 아주 겨자씨만한 미약한 행동에서 우리가 목표로 하는 행동을 습관화할 수 있다. 책 읽는 것 행동자체는 책 펴는 장벽을 넘어야 실천된다.

그렇다면 책을 펼 수 있는 방법이 무엇일까? 그 방법은 생각을 깊이 하지 않는 것이다. 책을 펼 때 생각자체를 없애고 기계적으로 정한 시간에 편다. 그 행동에 감정을 실지도 말아야 한다.

"오늘은 정말 읽기 싫은데."

"오늘은 읽지 말고, 내일, 오늘 읽을 분량의 2배를 읽을까?"

이런 생각을 하지 말아야 한다는 것이다. 책을 펴는 행동에 있어서는 생각도 감정도 없이 기계적으로 해야 한다. 그렇게 하면 책을 펴기 쉬워진다. 그 책을 펴는 그 행동자체에 덜 부담스러워진다. 운동을 하러 가지 못하는 가장 큰 이유가 내 집 현관을 나서지 못해서라고 하지 않는가? 책 읽기를 독서로 만들려면 일단 책을 읽어야 하는데, 책을 읽기 위해서 책을 펴는 그것도 이와 마찬가지이다. 운동을 하려면 현관을 생각 없이 나서야 하듯이, 책을 읽으려면 생각 없이 기계적으로 책을 펴는 것이다. 생각은 책을 펴고 읽으면서부터 한다. 그때부터 정신 차리고 읽으면 된다. 그러면 1장, 2장, 술술 읽게 될 것이다. 그러다보면 책 읽는 것을 습관들이기도 된다. 20일, 30일 그렇게 읽으면서 완전 나의 생활이 되는 것이다.

쓰는 것도 마찬가지이다. 쓰기 위해서 앞의 방법들을 활용하면 된다. 오히려, 글 쓰는 것은 독서를 시작할 때나 새로운 운동을 할 때보다 현실생활에서 많이 하고 있다. 그래서 더 쉬울 수 있다. 문제는 스스로 짧은 글쓰기와 긴 글쓰기가 완전히 다르다고 생각 하는 것이다. 앞의 예에서 책읽기 어려운 이유는 책을 못 펴기 때문이고 운동하러 나가기 어려운 것은 현관을 나서지 못해서라고 했다. 짧은 글이 아니라 긴 글을 쓰지 못하는 이유는 긴 글은 짧은 글과 다르다는 인식 때문이라 할 수 있다. 이런 잘못된 인식부터 바꾸는 것부터 해야 한다.

물론 짧은 글쓰기와 긴 글쓰기는 다르다. 짧게 쓰는 것은 왠지 부담이 덜 된다. 그냥 짧으니까 바로 핵심으로 들어가 쓰면 된다고 생각한다. 그에 비해 긴 글, 즉, A4 1장 이상, 2장, 2장반은 핵심만 적기에는 분량이 많기 때문에 어렵다고 생각한다. 파레토의 법칙을 적용하면 핵심 20프로에 비 핵심 80프로를 채워야 하는데, 오히려 비 핵심 쓰기가 훨씬 어렵다. 차라리 할 말만 하는 것이 쉽지, 할 말 말고 주변의 이야기를 하다가 할 말을 하는 것이 어쩌면 더 고차원인 듯 느껴진다. 말이 그렇듯이 글쓰기도 마찬가지라 생각한다. 하지만 일부 맞는 부분도 있지만 꼭 그렇다고만 볼 수가 없다.

우리가 짧은 글을 수시로 쓰고 있다는 의미는 글쓰기에 대한 어려운 문턱은 넘었다고 볼 수 있다. 짧은 글쓰기이지만 글쓰기라는 환경에 노출이 되어 있다. 그럼에도 불구하고 우리가 긴 글을 쓰지 못하는 구체적인 이유는 무엇일까? 그것에 대해 한번 생각해보는 시간을 가져보자. 그 이유를 알고 실천하다 보면, 긴 글쓰기도 짧은 글처럼 쓸 수 있다는 확신을 가질 수 있게 될 것이다.

우리가 짧은 글을 수시로 쓰면서 긴 글을 못 쓰는 이유는 과거부터 각인된 글쓰기에 대한 강한 부정적인 자아인식 때문이다.

나의 친정어머니 이야기를 잠시 하겠다. 친정어머니는 현재 연세 80을 넘으셨다. 내가 어릴 때 아버지는 돌아가셔서, 어머니는 혼자서 아이 넷을 먹이고 입히며 대학까지 보냈다. 이제는 오로지 어머님, 당신의 건강만 지키시며 편안하게 여생을 사시면 된다. 자식들이 매달 용돈을 드리고 있고, 고생한 보람으로 어머니 소유의 작은 상가도 가지고 계신다. 이제는 드시고 싶은 것 드시면서 원하는 삶을 사시면 된다. 하지만 어머니는 그렇게 하지 못하신다. 좋아하시는 양념통닭 한 마리를 배달해서 드시지도 못한다. 내가 아이들 데리고 친정을 방문할 때 어머니가 좋아하시는 00브랜드의 양념치킨을 시켜서 함께 드신다. 왜 그러시는 것일까? 과거의 의식, 즉, 어린아이들을 먹이고 입히고 가르치기 위해 무엇이든지 아껴야 한다는 강한 의식 때문이다. 과거의 강한 의식은 현실에서도 여전히 적용되는 것이다. 하지만 이제는 바꾸셔야 한다. 이제는 연세 80이 넘으셨는데, 드시고 싶은 것, 입고 싶은 것, 사고 싶은 것, 원하시는 대로 누리면서 사셔도 된다. 하지만 생각하나 바꾸시는 것이 그렇게 어렵다. 친정어머니, 당신께서도 이제는 허리띠 졸라매지 않아도 된다는 것을 머리로는 아시는데 행동을 바꾸기가 쉽지 않다고 말하신다.

긴 글쓰기에서도 이런 과거의 부정적인 생각들을 바꾸지 못해서 아예 시도조차 하지 않게 된다. 과거는 과거로 지워버리고, 새롭게 세팅하자. 긴 글쓰기도 짧은 글쓰기처럼 쉽다, 나는 충분히 할 수 있다, 라고 내 머리에 새롭게 저장하는 것이다.

긴 글을 쓰지 못하는 또 다른 이유는 자주 쓰지 않았기 때문이다. 자주 하지 않은 것에 대한 두려움이 있다. 자신감도 떨어진다. 하지만 이미 당신은 글을 쓸 수 있는 능력을 다 갖추고 있다. 자신을 제대로 알지 못하고 웅크리고 있는 것이다. 짧은 글쓰기나 긴 글쓰기나 적용되는 원리는 같다. 짧은 글을 쓸 때, 무턱대고 본론부터 이야기하면 당황스러워진다. 그래서 인사부터 하고 그리고 본론, 즉 내가 하고 싶은 이야기를 하고, 그리고 마지막 마무리를 하게 된다. 단 세 문장이라 하더라도 이런 형식을 취하는 것이 읽는 사람입장에서 거부감이 없다. 긴 글쓰기도 마찬가지이다. 들어가는 말, 즉, 서론, 그리고 본론, 결론 식으로 쓴다. 이 형식으로 조금 더 길게 적어주면 되는 것이다. 결국 긴 글을 쓰기 부담스러워 하는 이유는 단지 좀 더 길게 써보지 않았기 때문이라고 할 수 있는 것이다. 그렇다는 것을 인지하자. 짧은 글 쓰듯이 그렇게 긴 글도 쓰면 된다.

글은 짧거나 길거나 쓰는 방법은 같다. 왠지 더 길기 때문에 다른 무엇인가가 있을 것 같지만 그렇지 않다. 긴 글도 서론-본론-결론 의 방식대로 쓰면 된다. 메시지 보낼 때 우리가 의식을 못할 뿐이지 그렇게 쓰고 있었다. 메시지는 후다닥 쓰는데, 긴 글은 왜 못쓰겠는가? 긴 글쓰기에 대한 과거의 부정적인 자의식을 버리고 평상시보다 조금 더 길게 쓰는 연습을 해보도록 하자. 그것이 긴 글쓰기를 할 수 있는 방법인 것이다. 다시 한 번 강조하고 싶은 것이 있다. 이 말은 당신이 긴 글을 쓰는데 도움이 될 것이다.

"짧은 글을 쓸 수 있다면 긴 글도 쓸 수 있다."

A4 2장 쓰기 도전해라

긴 글을 쓸 때 사람들은 난감해 한다. 스마트 폰의 영향으로 짧게 쓰는 것은 어느 정도 익숙하지만 긴 글은 그렇지 않기 때문이다. 생각해보자. 짧은 글이 익숙해진 이유가 무엇이겠는가? 메시지로 자주 썼기 때문이다. 긴 글도 짧은 글처럼 자주 쓴다면 부담 없이 좀 더 편안하게 길게 쓸 수 있게 될 것이다.

긴 글을 쓰되, 혼자 보는 글이 아니라 다른 사람이 본다는 것을 전제로 써보자. 짧은 글, 메시지는 다른 사람에게 보내는 글이다. 다른 사람이 읽기를 바라면서 보낸다. 그러다 보니 상대방을 의식하고 글을 쓰게 된다. 예의를 갖추게 되고, 글이 좀 더 부드럽게 읽힐 수 있도록 부드럽게 쓴다. 글을 읽는데 가장 방해가 되는 이유가 예의가 없는 것일 수 있기 때문이다. 말처럼 글에서도 이런 예의를 느낄 수 있다. 최대한 예의를 지켜 부드럽게 내용이 전달될 수 있도록 노력하는 것이 중요하다. 그것처럼 긴 글도 이런 예의가 필요하고, 제대로 형식을 갖추어 다른 사람에게 읽힐 수 있도록 평상시 써 보는 시간을 갖는 것이 필요하다.

긴 글쓰기에 익숙하기 위한 방법으로 A4 2장 쓰기를 강조하고 싶다. 긴 글이라면 일단 A4 1장 이상이라고 말할 수 있겠다. 하지만 나는 긴 글쓰기 연습으로 2장 쓰기를 권한다. A4 2장이라면 꽤 긴 글처럼 부담감이 있지만 연습하다보면 익숙해진다. 2장을 강조하는 이유는 2장이기 때문에 얻게 되는 특별한 장점이 있기 때문이다. 연습하다보면, 1장이나 2장이나 별 차이가 없다. 우선 긴 글을 연습해야 하는 이유와 A4 2장이기에 얻게 되는 특별한 장점을 정리해보겠다.

우선, 긴 글을 씀으로써 사고력이 발달한다.

짧은 글은 짧은 호흡으로 충분히 글을 쓸 수 있다. 하지만 긴 글은 좀 더 긴 호흡이 필요하다. 핵심 20%라면 나머지 80%에 해당하는 비 핵심부분을 이야기하고 원래 쓰기 시작한 목적인, 핵심으로 다시 돌아와야 한다. 내가 쓰고자 하는 핵심을 오랫동안 마음속에 잡고 있어야 한다. 그러면서 주변 이야기도 충분히 설명하고 설득해서 내가 하고 싶은 의도를 잘 전달하고 글 쓰는 소기의 목적을 달성하게 된다. 글을 쓰는 내내 끊임없이 사고해야 한다. 옆길로 빠져서도 안 된다. 아니 옆길로 빠지더라도 자연스럽게 다시 제자리로 돌아오는 사고의 탄력성을 발휘해야한다. 그렇기 때문에 점점 사고력은 좋아진다.

긴 글은 쓰기 전, 미리 간단히 생각하고 시작해야 한다. 개요쓰기를 하면서 무엇으로 채울 지를 메모한다. 이 작업이 없으면 끝까지 채우기가 힘들어질 수 있다. 글이 서론-본론-결론으로 깔끔하게 떨어지는 느낌이 들어야 하는데, 서론이 긴 대분수가 되기도 하고 결론이 미약한 뭔가 개운하지 않은 글 모양이 되기도 한다. 아니면, 본론만 가득 채워 몸통만 있는 듯 비균형적인 글이 되기도 한다. 이것은 개요가 없다면 생길 수 있는 상황이다. 그래서 개요쓰기를 통해, 미리 생각하고 시작하는 것이다. 아주 베테랑 글쟁이라면 이 개요쓰기를 생략하고 시작하더라도 제대로 글이 나올 수 있다. 하지만 그렇지 않다면, 개요쓰기라는 것을 통해 어느 정도 생각을 정리하고 난 뒤 자판을 두드리는 것이 낫다.

두 번째, 긴 글쓰기에 도전해야 하는 이유는 글의 전달력이 좋아진다. 아무래도 짧은 글보다는 긴 글이 읽는 입장에서 이해도가 높다. 핵심은 짧으나 길거나 하나일 수 있다. 차이는 이해하도록 돕는 조연급의 문장들이 짧은 글보다는 긴 글이 더 많다. 사례도 여러 개 들 수 있다. 사례는 쉽게 말해서 내가 말하고자 하는 주제와 관련된 관련 이야기인 것이다. 짧은 글이라면 이런 사례들이 적다. 그에 비해 긴 글에서는 이런 사례 이야기들을 몇 개씩 넣을 수 있다. 그러니 당연, 상대방은 더 잘 이해하게 되고, 결국 나의 의사가 더 잘 전달되게 되는 것이다.

세 번째, 긴 글 중 특히 A4,2장 쓰기에 도전해야하는 이유는 A4 2장이 갖는 특별함이 있기 때문이다. A4 2장 쓰기에 익숙하게 되면 내 인생 첫 책 쓰기에 도전할 수 있다. 책 쓰기의 실력을 갖추게 된다는 의미이다. 자기계발 분야의 책들은 목차의 소제목 개수만큼의 칼럼들이 모여 한권의 책이 된다. 즉, 목차에 소제목 40개가 있으면 40개의 칼럼이 있는 것이다. 40개의 글들이 모여 바로 책으로 출간되는 것이다. 각각의 칼럼들은 최소 A4 2장으로 쓰여 있다.

누구나 책을 쓰고 싶은 욕구를 가지고 있다. 책 쓰기를 버킷리스트로 올려놓은 경우는 많다. 시대가 바뀌어서 누구나 책을 내고 있다. 성공한 사람만이 책을 쓰는 것이 아니다. 세상이 다양성의 가치에 의미를 부여하게 되면서 성공한 사람은 성공한 사람대로, 실패한 사람은 실패한 사람대로 좋은 동기부여

뿐 아니라 특별한 노하우와 정보를 제공하고 있다. 언제든지 A4 2장 글쓰기에 도전하고 연습한다면 내 인생 첫 책 쓰기를 결정할 때 좀 더 쉽게 쓰게 될 것이다. 사람의 마음이 언제 어떻게 변할지 모른다. 지금은 책 쓸 생각이 없더라도 어느 순간 내 책을 쓰고 싶다는 강렬한 욕망을 느낄 때가 찾아올 수 있다. 더군다나 글쓰기에 관심 있는 사람은 대부분 그런 날이 반드시 온다고 볼 수 있다. 그때를 대비할 수 있는 것이 바로 A4 2장 쓰기 연습인 것이다.

A4 2장 쓰기를 연습한다면 A4, 1장 쓰기는 좀 쉽다고 할 수 있다. A4, 1장은 보편적 칼럼쓰기에 적용되는 길이이다. 신문이나 잡지에서 칼럼을 쓴다고 하면 보통 A4, 1장에서 1장 반 정도이다. 책 쓰기에서 1꼭지에 비해 좀 짧다고 볼 수 있다. 이렇게 A4 2장 쓰기를 함으로써 칼럼과 책 쓰기까지 연습할 수 있게 된다.

나는 A4 2장 쓰기 시작을 필사부터 했다. 자기 글을 길게 쓴다는 것이 처음에는 쉽지 않다. 그렇다고 그냥 있을 수 없는 상황에서 나는 생각한 것이 내 글을 못 쓴다면 남의 글이라도 써보자, 라는 생각으로 찾은 것이 필사였다. 노트북에서 내가 좋아하는 책 한권 선택해서 한 챕터씩 써보는 것이다. 그렇게 쓰면서 A4 2장 글쓰기의 감을 잡는 것이다. 확실히 도움이 된다. 연습과 훈련은 모방에서부터 시작하는 것이다. 그대로 따라 해봄으로써 배우게 된다. 또한, 깨닫는 부분이 많아, 서론–본론–결론을 어떤 식으로 쓰는 지도 알게 된다. 나중에는 필사도 하면서 내 글도 조금씩 쓰기 시작했다. 그렇게 하니, 배우면서 실습까지 하는 식이 된다. 나중에는 필사하는 시간이 아깝다는 생각이 들 때가 찾아온다. 배울 만큼 배운 것이다. 그때부터 내 글을 쓴다.

짧은 글은 많이 익숙하다. 하지만 긴 글은 아직도 두렵다. 짧은 글쓰기가 익숙해진 이유 중 하나가 메시지를 자주 보내는 생활을 했기 때문이다. 자주 하니까 익숙해진 것이다. 긴 글에 대한 부담도 자주 씀으로써 없앨 수 있다. 긴 글 A4 2장을 쓰기를 도전하자. 특별히 A4 2장을 쓰기를 강조하는 이유는 이왕이면 칼럼 쓰기나 향후 책 쓰기에도 도움이 될 수 있기 때문이다. A4 2장 쓰기라고 미리부터 겁먹지 말자. 안 해봤기에 두려운 것이지 하면 할수록 A4 2장 만만해질 것이다.

나만의 쓰기 규칙을 만들어라

　연초가 되면 좋은 습관들이기 위해 계획을 많이들 세운다. 습관을 들이기 위해 나만의 전략이 필요하다. 안하던 것을 하기에 저항감이 크다. 아무리 사소한 일이라도 그렇다. 그것이 어느 정도 익숙해 질 때까지 시간을 투자해야 한다. 습관은 보통 최소 3주가 걸린다고 한다. 그렇다면 3주 동안 그 행동을 꾸준히 해야 한다는 이야기이다. 그렇게 할 수 있는 나름의 전략이 필요하다.

　나에게 책 읽는 습관들이기는 다른 사람보다는 쉬웠다. 그렇다고 아무 노력을 하지 않은 것은 아니다. 좀 쉬웠다는 것뿐이다. 본격적으로 책을 읽기 시작한 때는 육아를 하면서였다. 늦은 출산과 육아로 누구한테 물어볼 수도 없었고, 마땅히 도와 줄 사람도 없었다. 출산과 육아는 나에게 너무나 생소한 분야였다. 미리 준비를 하고 그 세계에 입문할 수 있는 영역이 아니었다. 물론 미리 준비를 하는 사람도 있었겠지만 대부분의 사람은 그렇지 않다. 나도 마찬가지였다. 누구나 다 엄마가 되고 아빠가 되기에 쉽게 생각했다. 하지만 막상 겪어 보니, 상황은 달랐고, 나는 육아에 대해 알기 위해 책을 잡았다.

삶의 문제를 풀기 위한 독서는 좀 더 쉽게 몰입이 된다. 의무감에 의해 시작하는 독서, 새해니까 특별한 각오와 의지로 시작하는 독서에 비해서는 몰입이 잘된다고 할 수 있다. 몰입이 잘 되기 때문에 그것의 즐거움과 가치도 빠르게 느낀다. 그래서 나는 지금도 독서 습관들일 때 중요한 것은 나 자신을 자세히 탐구하는 것이다, 라고 이야기한다. 내가 가장 원하는 것, 갖고 싶은 것, 하고 싶은 것을 파악하고 해당되는 주제로 책을 읽는 것이다. 당장 해결해야 할 문제를 찾아 그 주제의 책을 읽어도 좋다. 그렇게 읽기 시작하면 독서는 금방 나의 삶이 된다.

그렇다 하더라도 매일 읽기 위해 나는 나름의 규칙을 정했다. 첫째는 하루 한권독서법 실천이다. 육아의 정보와 경험, 노하우에 목말라 있었기에 나는 빠른 속도로 육아서를 읽었다. 시간이 부족했지만 하루 한권 읽기에 도전했다. 사실 읽는데 사용할 수 있는 시간이 한정되어 있어 엄밀히 하루가 아니라 3시간 정도이다. 최대 3시간 투자해서 핵심위주로 읽었다. 이것이 가능한 이유는 육아라는 한 주제로 읽었기 때문이다. 공통되는 내용은 넘어가고 새로운 정보나 노하우에 집중하면서 빠르게 읽을 수 있다. 한 주제로 읽으면 하루 한 권 읽기 충분히 가능했다.

또 다른 원칙은 시간이 부족하였기에 시간확보를 위해 새벽시간에 일어나는 것이었다. 아이들이 어렸기 때문에 아이들 케어에 항상 스탠바이를 하고 있어야 한다. 그렇게 되면 책 읽는 것이 완전 습관화되지 않은 상태에서 집중력이 흐려진다. 그래서 좀 더 집중해서 읽을 시간을 찾게 되었고, 그것이 새벽시간이었다. 그 전까지 새벽시간은 나의 삶에서 없는 시간이었다. 잠이 특히 많은 나는 새벽시간을 활용한다는 그 자체에 부정적 의견을 가지고 있었다. 새벽에 일어나서 무엇을 한들 낮에 피곤하고 집중 못하면 일의 능률도 떨어지고 행복감을 느끼지 못할 것이다, 라고 생각했다. 하지만 그것도 적응 단계를 넘어서면 또 다른 세계를 체험한다는 사실을 몰랐다. 적응하는 동안에는 힘들고 괴롭다. 하지만, 딱 그때뿐이다. 새벽시간 기상이 적응이 되고 나면 오히려 아침에 안 일어나면 기분이 상한다. 그렇게 나는 새벽시간에 읽어나서 책을 읽기 시작했다.

독서를 완전 나의 삶으로 만들기 위해 나는 2가지 규칙을 만들고 활용했다. 새벽기상과 하루한권독서법이다. 두 가지는 처음 시도할 때는 정말 큰 도전이었다. 필요에 의해서 독서를 시작했지만 독서를 내 몸에 완전 정착시키기 위해 두 가지 규칙을 적용한 것이다. 내가 정한 규칙은 독서를 습관화하는데 아주 유용했다. 현재 나는 매일 읽고 있다. 읽음으로써 독서의 가치를 더욱 느끼게 되었다. 지금은 읽지 못하는 날이 거의 없다. 시간이 없다면 단 10분이라도 읽는 독서 마니아가 되었다.

길게 쓰는 습관을 들이는 것도 마찬가지이다. 그 습관을 나의 삶으로 끌어들이기 위해 나만의 규칙을 정해야 한다. 역시 1~2가지라도 좋다. 규칙이 너무 많으면 실천력이 떨어진다. 실천력을 높이기 위해 단순해야 한다. 단순하면 잘 실천할 수 있고 오래할 수 있다.

쓰기 위해 나는 몇 가지 규칙을 정하고 실천하고 있다.

첫째는 독서와 마찬가지로 새벽시간에 쓴다.
새벽시간에는 특별함이 있다. 이 시간에 무엇인가를 하게 되면, 낮의 시간과 비교할 수 없는 집중도를 발휘할 수 있다. 어떤 문제의 해답을 찾을 경우, 더욱 빠르고 정확하게 답을 찾을 수 있다. 글을 쓴다면, 글이 일관되게 흘러가는 것을 느낄 수 있다. 평상시 인지하지 못한 깊은 내면의 것들이 글 위에 쓰여진다. 나의 새로운 부분을 스스로 만나게 된다. 그래서 좀 더 자신을 알게 되는 계기가 되기도 한다. 새벽시간의 특별함, 잠재의식을 최대로 발휘되는 이 시간에 글을 써 보기를 강조한다. 그래서 나도 될 수 있으면 새벽에 쓰려한다.

둘째는 쓰기위해 제목을 미리 만들어 놓는다.

제목이 있으면 쓰고자 하는 키워드가 결정이 된다. 제목 속에 있는 핵심 단어가 바로 내가 생각해야 하고 써야할 핵심 주제인 것이다. 제목 없이 쓰다보면 시작하기 어렵다. 제목은 한마디로 비빌 언덕이다. 비빌 언덕이 없이 글을 써내려가기란 쉽지 않다. 그래서 평상시 나는 글을 쓰기 위해서 목차를 만들어둔다. 목차를 거창하게 생각하지 않는다. 목차는 글을 쓰기 위한 하나의 단순한 준비라고 생각한다. 자신이 관심 있는 주제가 있다면 그것과 관련된 자신의 생각을 한 문장으로 써보자. 한 문장, 한 문장, 자신의 주장을 40개정도 만들어보자. 그것을 가지고 글을 길게 쓰는 것이다. A4 2장 정도의 길이로 계속 쓰는 연습을 해 보는 것이다.

셋째는 매일 쓰는 것을 빠트리지 않는다.

매일 하는 것이 습관형성에는 최고이다. 조금씩이라도 매일 하는 것은 놀라운 힘을 가지고 있다. 그 어떤 위대한 도구라도 매일 조금씩 하는 것을 당할 수가 없다. 술도 한꺼번에 먹는 것보다 시원한 맥주나 막걸리를 매일 먹는 사람이 더 위험하다고 한다. 게임도 매일 조금씩 하는 아이들이 위험하다. 매일이라는 강력한 힘을 그런 부정적인 일에 투자하지 말자. 매일 청소를 한다든지, 매일 천 원씩 저금을 한다든지, 매일 5페이지씩 읽는다든지, 매일 2페이지씩 쓴다든지 이렇게 내 삶에 긍정적인 일에 '매일'이라는 단어를 적용시켜라. 그러면 100% 긍정적인 습관이 형성된다. 그래서 나는 매일 2페이지씩 지금도 쓰고 있다.

규칙이라고 해서 특별히 생각하지 마라. 복잡하게 여러 개도 만들지 마라. 2개내지 3개 정도 꼭 필요한 부분, 핵심부분으로 글쓰기 규칙을 만들자. 그렇게 만들어 매일 실천하다보면 짧은 글쓰기가 아무렇지 않은 일상이 되듯이 조금 긴 글도 그렇게 나의 일상이 될 것이다. 단순한 나만의 규칙으로 긴 글쓰기도 나의 자연스런 생활이 된다.

제 2 장

글쓰기를 해야 하는 진짜 이유

글쓰기가 라이프스타일을 바꾼다

"말할 때도 방법이 있어."

"자신이 하고 싶은 말을 먼저 하고, 그 다음에 이유를 말하는 거야."

"이유를 말할 때는 1가지보다, 2~3가지를 말한다면 더 좋아. 네가 하고 싶은 말을 상대방이 더 잘 이해할 거야."

나는 아이들에게 이렇게 가르친다. 이것은 미래의 글쓰기를 위해 미리 워밍업, 몸에 기본기를 체화시키기 위함이다. 현재 아이들은 쓰는 것이 자유롭지 못하다. 그래서 말하는 것에서부터 글 쓰는 원리를 적용하도록 했다. 글쓰기 원리는 특별하지 않다. 서론-본론-결론의 기본구조로 말을 하는 것이다. 서론은 자신의 핵심메시지이다. 즉 하고 싶은 말이 된다. 본론은 그것의 이유나 근거들이 되고, 결론은 하고 싶은 말을 다시 강조하는 것이다. 이렇게 말하는 버릇을 들이면 글쓰기도 수월해진다. 왜냐하면 그렇게 쓰면 되기 때문이다.

글쓰기 원리를 터득하는 것은 삶의 변화를 가져온다. 특히, 어릴 때부터 이 원리를 체화하면 좀 더 쉽게 긍정적인 효과를 얻을 수 있다. 그 어떤 스펙보다 인생에 도움이 될 것이다. 그 중에서 가장 두드러진 글쓰기의 효과라면 일단, 라이프스타일이 건강해진다는 것이다. 건강한 라이프스타일로 창조적인 삶을 살 수 있고 그것이 또한 아이의 만족감과 행복감을 보장할 수 있다고 말할 수 있다. 아이 뿐 아니라 어른들도 꾸준한 글쓰기를 통해서 라이프스타일의 변화를 얻어 낼 수 있다. 글쓰기에 있어서 늦은 때란 없다. 쓰는 그 순간부터 라이프스타일의 변화는 시작된다.

일정한 시간, 꾸준하게 글을 쓰면 자연스럽게 라이프스타일의 변화가 일어난다 했다. A4 1장에서 2장 자신의 능력껏, 꾸준히 쓰는 생활 자체가 삶의 패턴, 즉 라이프스타일을 완전히 바꾼다. 변화의 영역을 다음과 같이 정리할 수 있다.

첫째는 사고의 변화가 일어난다.

글쓰기는 한 살이라도 젊었을 때부터 해야 한다. 왜냐하면 글을 쓰면서 자신의 삶을 되돌아보게 되고 되돌아본 만큼 반성하고 성장하기 때문이다. 보통 사람들은 그저 열심히만 살게 된다. 나이와 상관없이 앞만 보고 전투적으로 산다. 그럴 경우 정말 인생에서 중요한 부분을 빠트릴 수도 있다. 하지만 글을 쓰면 달라진다. 과거를 되돌아보지 않고는 쓸 수 없기 때문에 지나온 시간을 회상하면서 오늘의 거울로 삼게 된다. 경험한 것들이기에 무엇이 잘못되었는지 본인은 너무나 잘 안다. 만약 잘못한 부분을 그냥 지나치고 묻어두었다면 얻지 못할 귀한 교훈을 얻을 수 있다. 그렇게 과거를 반성하고 현재를 다시 조정하며 미래를 구상하는 삶을 살게 된다. 이런 과정이 글을 쓰면서 매일 있게 된다고 상상해보자. 나의 성장은 씀과 함께 계속 진행되게 된다고 생각해도 되는 것이다. 앞만 보고 사는 하루보다 자신을 되돌아보고 생각하는 시간이 있는 하루가 나의 성장과 발전에 더 유익한 것은 당연한 일이다. 그래서 한 살이라도 젊었을 때 글을 쓰는 것이 유익하다.

학교에서 만약 글쓰기를 배웠다면 인생이 달라졌을 것이다. 현재 공교육에서는 글쓰기를 특별히 강조하고 있지 않다. 글쓰기를 배운다면 부수적인 효과가 그 어떤 교육방식보다 크다. 스스로 자신을 되돌아보면서 반성하는 것은 물론, 또한 글쓰기하면서 논리적 전개를 연습하면서 논리적으로 생각하게 된다. 나는 아이들 글쓰기만은 꼭 가르치고 싶다. 글쓰기를 통해서 논리적 사고와 과거를 되돌아 반추하는 사고의 습관을 갖는다면 성공적인 삶을 위한 강력한 무기를 장착하는 것과 같기 때문이다. 글쓰기 자체는 논리적으로 생각하는 연습을 하는 것이고 그 덕분으로 사고력은 계속 발전하게 된다.

둘째, 행동의 변화가 생긴다.

사고의 변화는 행동의 변화를 만든다. 사고 또는 의식이 현실의 근원이라고 했다. 그렇기 때문에 당연한 변화이다. 글을 쓰면서 글 쓰는 원리가 체화되면 행동에도 영향을 미친다. 한 문단을 쓸 때 나의 주장, 메시지를 첫 문장으로 쓴다. 쉽게 말해서 두괄식의 문단을 쓰게 된다. 첫 문장으로 핵심을 쓰다 보니, 나의 주장, 메시지, 즉, 핵심에 민감한 성향으로 변화된다. 파레토의 법칙 20대 80의 원칙을 나의 행동에도 적용시키게 되는 것이다. 핵심 20%로 나의 행동들을 채우려고 한다. 나는 글을 쓰면서 평상시 생활에서도 핵심을 찾기 위해 노력하는 자신을 발견했다. 핵심을 알게 되면 비핵심도 부차적으로 챙길 수 있게 된다. 이렇게 글을 쓰면서, 중요한 일에 좀 더 집중하면서 행동하게 된다.

셋째, 생활의 변화이다.

글을 쓰면서 시간의 소중함을 알게 된다. 왜냐하면 기본적인 생활을 하면서 글쓰기를 해야 하기 때문이다. 나는 직장을 다니면서 글쓰기를 하기 위해 시간확보를 어떻게 해야 할지 고민을 했다. 기본적인 생활자체가 여유가 없기 때문에 글쓰기를 할 시간도, 체력도 부족했다. 그렇게 해서 알게 된 것이 금싸라기의 시간, 새벽시간을 찾게 되었다. 새벽에 일어나서 읽고 썼다. 새벽시간 활용을 하게 되면서 평생 모르고 살았던 새벽시간의 특별한 가치를 알게 되었다. 진흙 속의 보석을 발견한 기분이었다. 새벽에 읽거나 쓰기를 위해 나는 저녁에 쓸데없이 시간 낭비하는 일을 안 하게 되었다. 의미 없이 시간을 보내던 습관을 고치게 되었다. 특별한 이유 없이 늦게까지 자지 않고, 사람들과 어울리고, 한 잔의 술을 스트레스 해소 제라고 예찬하면서 허투루 보내는 시간이 없어지게 되었다. 물론 가끔 그런 시간도 필요하다. 가끔은 괜찮지만 너무 자주, 혹은 아무 생각 없이 습관적으로 그렇게 행동하진 않게 되었다. 몸도 마음도 생활도 아주 건강하게 바뀌었다.

넷째, 감정의 변화이다.

글을 쓰면 자신의 속내를 드러내게 된다. 속에 있는 모든 사고, 감정이 쏟아져 나온다. 부정적인 감정들도 글을 통해서 순화될 기회를 갖는다. 현재 필리핀 세부에서 세부 살이를 하고 있는 나는 주변에 아는 사람이 거의 없다. 그렇기 때문에 거의 집에서 있는 시간이 대부분이다. 정말 글이라도 쓰지 않았다면 남아도는 시간만큼 기분도 다운되었을 것이다. 하지만 그럴 겨를이 없다. 매일 1꼭지 쓰기를 목표로 그것을 중심으로 하루를 살다보니, 시간이 오히려 부족하다. 쓰면서 책도 읽게 된다. 잠깐 읽으려고 책장을 폈지만 작가의 스토리가 궁금해서 끝까지 읽게 되는 경우도 있다. 글쓰기가 발단이 되어 책 한권을 뚝딱 읽어낸다. 물론 핵심위주로 읽기 때문에 가능하다. 글쓰기를 위한 독서는 더욱 핵심읽기가 잘 된다. 책을 통해서 새로운 아이디어도 얻는다. 그렇게 쓰면서 세부 살이가 지루할 틈이 없다. 외롭다고 생각하지도 않는다. 설사 아침에 아이에게 꾸중을 한 날일지라도 쓰면서 앞으로 어떻게 아이들을 훈육해야겠다는 교훈을 스스로 얻으면서 화가 난 감정들이 수그러든다. 자신의 감정을 다스리는데 글쓰기만한 것은 없다.

글쓰기를 통해서 라이프스타일이 건강해졌다. 글 쓰는 자체가 사고자체를 바꾸기 때문이다. 바뀐 사고로 인해 행동과 생활도 바뀌게 된다. 감정 또한 글쓰기를 통해서 지면에 쏟아낼 수 있다. 만약 부정적인 감정이라면 그것을 잘 순화시켜 긍정적인 변화의 밑거름으로 만든다. 글쓰기, 이렇게 좋은 것을 왜 좀 더 젊은 나이에 하지 않았을까? 그런 환경이 왜 만들어지지 않았을까? 안타까울 뿐이다. 그래도 지금이라도 나는 제대로 알게 되어 감사한 마음이다. 사회 분위기도 다행스럽게도 지금은 글쓰기에 대한 중요성이 크게 부각되고 있다. 글쓰기를 통해서 바른 사고와 인성, 논리력, 창의력, 의사 소통력은 물론 긍정적 라이프스타일을 갖추는 계기로 활용하고자 한다. 글쓰기 이제는 더 미루지 말자. 당신의 건강한 라이프스타일, 글쓰기로 획득하길 바란다.

하루 중 가장 가치 있는 시간, 새벽을 발견하다

집 밖에서 살고 있는 새끼 길고양이를 통해서 특별한 생각을 하게 된 일이 있었다.

어젯밤에는 폭풍우가 심하게 내려 쳤다. 요즘 이곳 필리핀 세부도 환절기이다. 한국의 가을에 해당되는 9월, 밤마다 비바람이 몰아치고 있다. 이럴 때 한가지 걱정거리가 생긴다. 최근 우리 집을 찾던 길고양이 어미가 새끼고양이를 이끌고 나타났다. 사실 그 어미는 새끼를 밴 상태에서 밥을 얻어먹으러 집에 자주 왔었다. 점점 배가 불러와서, 빈 박스를 비가 들이지 않는 뒷문 쪽에 놓아두었다. 급하면 그곳에서라도 새끼를 낳을 수 있도록 한 것이다. 그래서 그런지, 1달 전 그곳에다 새끼를 낳았다. 4마리를 낳았다. 하지만 이틀이 지나서 그 어미가 새끼들을 입에 물고 다른 곳으로 옮기는 것을 나는 목격했다. 짐승도 다 운명이 있는 법, 이란 생각으로 그 어미가 하는 대로 그냥 두었다. 그런데 1

달이 지난 후 폭풍우가 치고 난 새벽, 3마리의 새끼를 데리고 다시 나타났다.

이제 겨우 한 달이 지난 새끼고양이, 내 손 바닥만한 크기였다. 3마리 새끼 고양이중 한 마리는 유독 말라 있었다. 그 고양이는 어미젖도 빨지 않는다. 그 고양이를 살리기 위해 흰 우유를 손가락에 묻혀 먹여보았다. 조금씩 삼킨다. 삼킬 때 혓바닥을 보니, 혈색이 없다. 아주 많이 아파보였다. 하늘을 보니 우중충한 구름이 끼여 있다. 저녁에 또 비가 내릴 모양이라 깊이가 있는 빨래 소쿠리에 3마리 새끼를 담아 밤의 비를 피하게 했다. 그런데 새벽에 소쿠리를 확인했을 때 몹시도 말라 있었던 그 새끼고양이는 죽어있었다. 정말 불쌍했다.

2마리라도 잘 챙겨주어야겠다는 생각으로 밤마다 새끼고양이를 챙겼다. 어미도 좀 휴식시간이 필요하다. 오늘은 저녁부터 천둥, 번개가 치면서 하늘에 구멍이 난 듯 비가 쏟아진다. 빨리 고양이들을 챙겨야겠다, 라고 생각하고 고양이들이 주로 있는 차 밑을 확인했다. 한 마리밖에 없다. 그래서 일단 한 마리의 새끼 고양이를 소쿠리에 넣고, 일단 철수, 집안으로 들어왔다. 그리고 다시 밤 12시가 다 된 시간 새끼고양이를 마저 챙기기 위해 차 밑을 확인해보았다. 비는 쏟아지는데 새끼고양이는 여전히 없다. 어미고양이는 있는데, 새끼 고양이만 감쪽같이 사라졌다. 하는 수 없이 별일 없기를 바라면서 집으로 들어왔다.

새벽에 일어나 보니, 그 새끼고양이는 뽀송뽀송한 모습으로 차 밑에서 장난을 치고 있다. 이런 어떻게 된 거야?, 어제는 그렇게 찾아도 안보이더니, 어디에서 비를 피했던 것일까? 참 신기할 노릇이다. 한 달밖에 안된 새끼고양이가, 물론 잘 걸어 다니고 장난도 치고, 호기심도 많아 여기저기 기웃거리기는 하지만 한 없이 약해서 도움이 필요하여 보였는데, 나는 이 새끼고양이를 보면서 새로운 생각이 들었다.

아무리 약해 보이는 짐승이라도 자기 생명은 지킬 힘을 가지고 태어나는구나. 크게 다치거나, 병이 들었거나 누구한테 잡혀 가는 불가항력적인 일이 아니라면 비록 어린 새끼이더라도 스스로 지킨다는 것, 폭풍우쯤이야 거뜬히 피할 능력이 된다는 것을 새삼 깨닫게 되었다. 한마디로 새로운 깨달음이라고 말하고 싶다.

현재 새벽을 사랑하는 나는 새벽에 대한 깨달음을 특별하게 갖게 되었다. 새끼 길고양이에 대한 특별한 생각처럼 새벽을 특별하게 생각하게 된 계기가 바로 새벽에 읽고 쓰기를 하면서였다. 새벽에 읽고 글을 쓰면서 새벽의 가치를 다시 한 번 깨닫게 되었다.

내가 새벽 시간을 활용하게 된 첫 계기는 독서이다. 독서를 본격적으로 하면서 읽을 시간을 찾아 결국 새벽에 일어나게 되었다. 삶이 너무나 바쁘다. 직장 맘인 나는 더욱 바빴다. 하루가 눈 깜짝할 사이에 지나가고 그 하루에서 내 시간은 찾기 어렵다. 시간의 흐름에 끌려가는 느낌이랄까? 나라는 존재는 존재하지 않고 내가 해야 할 역할만 존재했다. 엄마로서, 주부로서, 보건교사로서의 삶이 나의 하루를 다 채웠다. 하지만 독서를 하기 시작하고 새벽에 일어나면서 나의 시간을 갖게 되었다. 또한 새벽에 일어나서 읽으면 몰입독서가 가능하다는 것을 발견하게 되었다. 낮의 독서와 새벽독서는 비교할 수 없을 만큼 차이가 있었다. 낮의 독서가 해야겠다는 의무감에 가까운 독서였다면 새벽독서는 인생 전체를 뒤흔드는 자극을 받으면서 하는 몰입독서였다. 같은 독서이지만 너무나 달랐다. 질적 독서를 체험하고 질적인 삶의 도전도 하게 되었다. 그것이 바로 책 출간이었다. 새벽독서 4년 만에 책을 출간하였고 글쓰기도 더 열심히 하게 되었다.

글쓰기는 덩어리 시간이 필요한 일이다. 독서는 자투리 시간에도 언제든지

가능하지만 글쓰기는 자투리시간에 하는 것이 좀 힘들다. 좀 더 집중해야 하기 때문이다. 글 좀 쓰려고 하는데, 자꾸 방해를 받는다면 일관성 있는 글을 쓰기가 어렵게 된다. 직장에서 글을 쓴다거나, 아이들이 깨어있는 중에 쓴다거나, 집안에 행사가 있는데 쓴다거나, 이런 것들이 안 된다. 그래서 덩어리 시간을 찾아서 새벽에 일어나게 된다. 특히 직장인들에게 새벽시간은 직장인에게 유일하게 덩어리시간으로 마음 편히 개운한 뇌 상태에서 사용할 수 있다. 그래서 새벽시간에 글을 쓰게 된다.

새벽에 글을 쓰면 놀라게 된다. 낮의 독서와 새벽의 독서가 다르듯이 새벽 글쓰기도 마찬가지였다. 이것은 새벽만의 특별함이 있기 때문에 가능한 일이라고 결론을 내렸다. 새벽에 하는 그 어떤 일도 높은 수준의 세계를 맛보게 될 것이다. 새벽독서, 새벽 글쓰기뿐만 아니라 그 어떤 일을 하더라도 집중력을 발휘할 수 있고, 자신의 잠재의식까지 활용할 수 있다고 생각한다. 잠재의식, 평상시에는 이 단어를 염두에 두지 않고 산다. 의식만 챙기기에도 힘들다. 평상시 의식 밑 저변을 깔고 있는 잠재의식까지는 생각하지 않는다. 하지만 잠재의식이 중요하다는 것을 조금만 생각하면 알 수 있다. 의식도 이 잠재의식의 지배를 받고 있기 때문이다. 어릴 때의 기억이 어른인 지금의 상태에 절대적 영향을 미치듯, 잠재의식은 어릴 때의 그 기억과 같다. 어릴 때 기억처럼 잠재의식은 현재의 모든 사고와 감정에 영향을 미치는 것이다. 새벽 글쓰기에서는 이런 잠재의식의 활발한 활동을 사용할 수 있고 이 잠재의식으로 특별한 글쓰기를 체험하게 된다.

새벽에 글을 쓰면 좀 쉽게 쓸 수 있다. 새벽시간은 잠재의식이 많이 발동하는 시간이기 때문이다. 자신의 잠재의식을 새벽에 발견할 수도 있다. 그 잠재의식으로 자신이 진정 바라는 삶을 깨닫기도 한다. 글쓰기에서도 잠재의식,

깊은 내면의 글쓰기가 가능하다. 글쓰기가 너무 힘들고 나의 일이 아닌 듯한 부정적인 생각이 자신을 지배하는 사람일수록 새벽에 일어나서 써보자. 내가 언제 이렇게 글을 술술 썼을까? 이렇게 길게 쓰는 것 처음인데, 대단해, 라고 스스로 대견스럽게 생각하게 될 것이다. 또한 거침없이 자신의 마음을 담아 물 흐르듯 써내려가는 체험을 통해서 글쓰기에 자신감을 가질 수 있다. 자신감을 가지게 되면 더욱 글쓰기를 하게 되는데, 특히 새벽의 글쓰기의 그 느낌이 깊이 각인되어, 새벽 글쓰기를 매일 실천하게 된다.

새벽에 쓰면 누군가의 도움을 받아 써내려간다는 느낌을 받는다. 그 누군가가 나의 잠재의식일 수도 있고, 또 다른 부분일 수 있다. 나의 손가락은 강한 에너지를 따라서 움직인다는 느낌을 받는다. 책 쓰는 사람들 사이에서는 '그분이 오셨다'라고 이야기도 하지만, 새벽에는 그런 상황을 자주 만나게 된다. 이런 것을 누구나 체험할 수 있는 시간이 새벽시간이다.

글쓰기를 통해서 새벽의 가치를 재발견하게 된다. 새벽에 하는 모든 일들은 집중과 몰입이 가능하다. 글쓰기도 예외는 아니다. 오히려 새벽에 가장 적합한 일은 글쓰기라고 말할 수 있겠다. 새벽의 가장 큰 특별함이 창조력이기 때문이다. 새벽독서를 통해서 새로운 아이디어를 새롭게 얻어내듯이, 새벽 글쓰기를 통해서 내면 깊은 곳의 잠재의식을 발견하고 그것을 바탕으로 공감력 높은 글들을 쏟아낼 수 있다. 스스로 놀라울 만큼 술술 글이 쓰여 진다. A4 2장은 금방 채울 기세로 쓸 수 있다. 새벽 글쓰기에 도전하길 바란다. 고요한 새벽시간, 특별한 글쓰기경험은 물론이고 하루 중 가장 뜻 깊은 깨달음과 경험들을 가지게 될 것이다.

망가진 자존감의 회복은 덤이다

    자신의 생각과 표현이 있어야 자존감은 올라간다. 자신의 생각과 표현이 없을 경우에는 그 만큼 만족감과 자존감이 떨어진다. 나는 간호학원 강사를 잠깐 했을 때가 있었다. 그때 비록 힘든 부분도 있었지만 나의 자존감은 올라감을 느꼈다. 시간이 지나면서 강의에 자신감이 더 붙었고 이것에 비례해서 자존감도 상승하였다. 그것은 나의 생각을 나의 언어로 스스로 표현할 수 있었기 때문이라 생각한다. 자존감이란 것은 자신의 생각을 표현하고 드러낼 수 있을 때 올라감을 알게 되었다.

    간호학원 강사를 하게 된 것은 다른 공부를 하기 위해서였다. 나는 미국 간호사 면허증을 따기 위해 공부를 했다. 그래서 저녁에는 간호학원 강사로 일을 하게 되었다. 낮에는 공부하고 밤에는 선생님이 된 것이다. 하지만 나는 가르치는 것이 처음이었다. 여러 면에 있어서 부족했다. 전공이 간호학이라 전공에 대해서 잘 알고 있었지만 가르치는 것은 또 별개의 것이었다. 머리에 있는 지식을 전달하는데, 이렇게 힘든 것일까?, 하는 생각을 했다. 쉽게 말해서 아는 것과 가르치는 것은 다른 분야였다. 안다고 다 잘 가르치는 것이 아니다. 경력이 필요하고, 가르치는 요령이 필요했다.

간호학원 학생들은 주로 고등학교를 갓 졸업한 학생이나 가정주부였다. 내 나이도 적은 나이가 아니었기에 가르치는 학생보다 나이는 많았지만 강의가 익숙지 않아서 제대로 가르치지를 못했다. 책을 그냥 읽는 수준으로 가르쳤다. 강의 하는 사람도 듣는 사람도 지루한 감이 있었다. 학생들은 낮에 일하고 야간에 공부하러 오는 경우가 많았었는데, 얼마나 졸렸을까 지금 생각해도 미안한 마음이 든다.

가장 큰 문제는 나 스스로 재미를 느끼지 못하는 것이다. 강의를 하더라도 재미나게 스스로 흥이 나서 하는 강의가 아니다 보니 자신감도 없어지고 힘이 들었다. 어떻게 하면 잘 할 수 있을까?, 고민은 했지만 몸으로는 잘 되지 않았다. 학생들을 봐도 자신감이 떨어졌다.

그렇지만 나는 노력했다. 학생들이 좀 더 재미나고 졸리지 않게 받아들일 수 있도록 연구했다. 코미디 프로도 찾아보고 책도 찾아보면서 유머도 중간중간 넣었다. 그리고 강의하는 내용이 익숙해지면서 교과서 내용위주가 아니라 나의 이야기, 나의 생각도 이야기하면서 강의를 하게 되었다. 그러면서 간호사 시절의 경험과 노하우도 자연스럽게 들려주었다. 스스로 재미를 느끼면서 나의 생각을 말하고 또 나만의 뉘앙스로 이야기하면서 강의에 점점 재미를 느끼기 시작했다. 그러면서 학생들의 반응도 좋아졌고, 덩달아 나의 자존감도 올라갔다. 그렇게 나는 어떤 주제에 대해 나의 생각을 가지고 비록 부족한 표현일지라도 나의 언어로 표현이 될 때 진정한 자존감을 얻을 수 있다는 것을 알게 되었다.

글을 쓸 때도 강의를 할 때와 마찬가지이다. 자신의 생각을 표현해야 한다. 이것이 안 된다면 글쓰기는 그 자체가 잘 안 된다. 필사가 아닌 이상, 글쓰기는 먼저 자신의 생각, 자신의 메시지가 있어야 한다는 것이다.

내가 처음 글을 쓸 때 가장 어려웠던 점이 나의 생각과 메시지가 무엇인지 정확히 모르겠다는 점이었다. 오랫동안 직장생활을 하면서 평상시 인지하지 못한 문제가 글을 쓰면서 발견되었다. 나의 생각과 주장이 없다는 것, 그것이 문제였다. 예를 들어 독서에 대해 쓴다고 했을 때, 독서에 대해서 내가 하고 싶은 말이 있어야 한다. 그 동안의 독서경험으로 이것만은 꼭 알려주고 싶다 하는 나만의 생각과 주장이 있어야 한다. 그런데 나는 그것이 잘 되지 않았다. 나의 생각과 메시지가 무엇인지 잘 모르는데, 글을 어떻게 쓰겠는가?

그 동안 직장에서 자신의 역할에만 충실했을 뿐이다. 굳이 생각을 하지 않아도, 나의 주장을 펼치지 않아도 일하는 데는 크게 문제가 없었던 것이다. 쉽게 말해서 그냥 로봇처럼 생각 없이 자동적으로 일을 한 것이다. 그런 상태에서 글을 쓰려고 하니, 글이 쓰여 지지 않았다.

글은 자신의 생각이고 자신의 주장이다. 자신의 생각과 주장이 없이는 아무런 글도 쓸 수 없다. 자신의 생각과 주장이 없이 남한테 필요한 일들만 하면서 살았으니, 자신의 만족감도 자존감도 있을 수 없었던 것이다.

하지만 글을 쓰면서 나는 달라졌다. 그 동안 잊고 살아 왔던 나의 생각과 주장이란 것을 찾게 되었다. 글 쓸 주제를 잡으면 그 주제에 대해서 생각을 하고 나의 할 말을 찾는다. 그 주제에 대한 지식이 부족하다면 자료를 찾아본다. 신문, 책, 인터넷, 다양한 곳에서 그 주제에 대한 자료를 찾아서 읽고, 나만의 생각을 정립한다. 그리고 한 가지 문장으로 나의 주장을 만든다. 그것이 곧 목차가 된다. 이런 주장이 40개 모여서 한 주제에 대한 목차가 만들어지고 그것을 써내면 나의 생각과 주장을 담은 책이 만들어진다. 이런 작업을 하다 보니, 점점 나의 생각과 주장은 어떤 주제에서나 만들어진다. 남의 생각과 주장으로 사는 삶이 아니라 나의 생각과 주장으로 사는 삶으로 변화되었다.

글을 쓰면서 그 동안 챙기지 못한 자존감은 덤으로 얻을 수 있다. 그것은 글쓰기 자체가 자신의 내면을 들여다보는 과정이기 때문이다. 과거에 해결하지 못한 감정의 찌꺼기들이 있는가? 아주 어린 시절의 감정이라도 그곳으로 들어가게 된다. 그리고 그 당시 그 감정을 느끼게 된 원인을 한 번 더 생각하는 시간을 갖는다. 그리고 해결하지 못한 감정을 풀거나 해소해 버리는 기회를 갖는다. 또한 내면에 깊이 감추어져 있는 나의 욕구를 발견하는 계기도 된다. 내가 진정 하고 싶은 꿈과 목표를 발견하는 시간을 가질 수 있다. 평상시 바쁜 일상에 떠밀려 나의 꿈과 목표를 잊고 살았다면 글을 쓰면서 이것들을 찾게 된다.

자존감은 어떤 것을 이루었을 때만 얻는 것이 아니다. 남의 인정으로 얻지도 않는다. 자존감은 스스로 인정하고 믿는 과정에서 생겨난다. 습관적으로 살던 삶의 방식에서도 자신을 존중하는 자존감이 생기기 어렵다. 진정한 행복감, 자존감은 글을 쓰면서 하나씩 하나씩 찾을 수 있다. 자신을 돌아보고, 이미 자신의 것인 것을 되찾으면서 자존감은 나의 내부에 흔들림 없이 자리 잡게 된다.

글쓰기를 할수록 자존감은 나의 맘을 채우게 된다. 글쓰기는 자신의 생각이고 자신의 주장이다. 이것이 없고는 글쓰기 자체가 어렵다. 자신의 생각과 주장이 없이 글을 쓰고 책을 쓰는 것은 불가능하다. 그렇기 때문에 처음에는 힘들지라도 글쓰기를 거듭 함으로써 자신의 생각과 자신의 주장을 되찾게 된다.

자신의 생각과 주장을 찾는 것은 자신을 찾는 것과 같다. 그 동안 잊고 산 자신을 찾는 과정이 글쓰기과정이다. 그러므로 글을 쓰면서 자신에 대한 믿음이 자라게 되며 그 믿음은 자존감으로 나타난다. 마음이 공허하거나 자신에 대한 확신이 없다거나, 자신을 잊어버리고 사는 사람일수록 글쓰기를 해야 한다. 글쓰기를 통해서 그런 문제들은 해결이 된다. 글쓰기, 우리 모두에게 필요한 현대의 가장 적절한 처방이다. 마음의 병, 자존감 상실은 글쓰기를 통해서 해결 할 수 있다.

망가진 자존감, 글쓰기를 통해서 챙기자. 만성적 좌절감과 함께 잊고 살았던 자존감의 부재, 이제 쓰면서 챙기자. 글을 쓰면 자신의 생각과 주장을 찾게 되고, 자신의 언어로 글을 통해 표현하면서 자존감 상승과 함께 행복감도 나타난다. 왜 그 동안 이것을 하지 않았을까? 해본 사람은 안다. 글쓰기가 상처받은 자존감을 얼마나 회복시켜주는지, 써본 사람은 안다. 그 좋은 것. 나 혼자하지 말고 이웃과 같이 자존감세우면서 행복감 찾기를 바란다. 다시 한 번 강조한다. 글 쓰고 잃었던 자존감도 덤으로 챙기자.

쓰기 위해 더 많이 읽는다

　나는 매일 아침 읽는다. 읽는 것이 나에게 삶의 에너지이기 때문이기도 하지만 무엇보다 쓰기 위해서 읽는다. 읽으면 아이디어가 샘솟는다. 내가 무엇을 써야할지, 어떤 것이 내 글을 읽는 사람들에게 도움이 될지 주제에 대한 힌트를 얻는다. 힌트를 얻는 읽기로 쓰기에 대한 자신감을 가질 수 있다. 아무것도 없이 시작하는 것보다 책에서 아이디어를 얻어 글쓰기를 시작하는 것은 하늘과 땅의 차이를 만든다. 시작부터 문턱이 낮아진다. 쓰고자 하는 사람은 읽는 것부터 한다면 어렵게 느껴지는 것이 줄어든다.

　나는 아침 마다 포스팅 독서법으로 읽고 쓴다. 책을 읽고 블로그에 글을 쓴다. 사실 처음에는 포스팅을 하기 위해 이 방법을 사용했다. 블로그를 운영하면서 매일 포스팅하는 것이 중요하다는 것을 알게 되었다. 나의 블로그가 네이버에 잘 노출되기 위해서라도 매일 포스팅하는 것만큼 효과적인 방법이 없다. 그래서 나는 매일 포스팅 하리라 생각했다. 하지만 무엇을 어떻게 쓸 것인가? 매일 어떻게 쓸 수 있을지 고민스러웠다.

그래서 생각한 것이 책을 읽고 책의 좋은 문구를 포스팅하는 것이었다. 블로그에는 카테고리를 만들 수 있다. 나는 여러 카테고리를 정해서 주제별로 글을 쓴다. 내가 만든 카테고리는 새벽기상, 독서, 글쓰기, 세부 살이다. 현재는 단지 2개의 주제에서만 주로 글을 쓰고 있다. 왜냐하면 쓸 거리가 그렇게 많지 않기 때문이다. 내가 꾸준하게 쓰는 주제는 '새벽기상'과 '세부 살이'이다. '새벽기상'은 처음에 새벽기상을 습관화하기 위해 시작했다. 새벽에 일어나고, 그 시간을 적기 위해 시작했다. 글을 읽는 사람이 무엇인가 읽을거리가 있어야 할 것 같아 새벽기상 시간을 적고 그 밑에 책의 문구를 올리고 나의 감상을 간단히 적었다. 이렇게 책을 읽고 포스팅하니, 포스팅하기가 쉬워졌다는 것이 좋았다. 그리고 책의 좋은 문구가 무궁무진하듯이 나의 포스팅 글쓰기는 무궁무진하게 계속 이어질 수 있었다. 읽음으로 해서 쓰는 것이 끝없이 이어질 수 있다. 또한 쓰기위해 또 읽게 된다.

2018년 《하루 한권 독서법》을 쓸 때도 읽으면서 썼다. 읽지 않고 책을 쓰기는 불가능에 가깝다. 책을 쓴 모든 작가들은 쓰기 위해서 먼저 읽는다. 자신의 전공분야의 주제로 책을 쓴다고 하더라도 다른 사람이 쓴 책을 읽고 시작한다. 쓰려는 주제가 자신의 전공분야가 아니라면 말할 것도 없이 많은 시간을 투자하여 읽고 어느 정도 지식이 머리에 쌓이고 정리가 된 후 자신의 생각을 가지게 될 즈음해서 글을 쓰게 된다. 나도 마찬가지였다. 더군다나 《하루한권 독서법》은 내 인생 첫 개인저서로써, 더욱 많이 읽고 난 뒤 썼다.

책을 쓰기 전에는 읽지 않아도 쓸 수 있는 줄 알았다. 자신의 머리에서 글이

술술 나와서 한 권의 책이 완성된다고 막연히 생각했다. 참 너무도 개념 없는 생각이었다. 사람의 머리용량에는 한계가 있게 마련인데, 오로지 자기 생각만으로 어떻게 책 한권 분량을 글로 쏟아낼 수 있겠는가? 그리고 그 많은 아이디어는 어떻게 만들어 낼 수 있겠는가? 다른 사람의 책을 통해서 지식을 얻고 아이디어를 재창조해서 자신만의 독특한 제3의 새로운 작품을 만들어내는 것이다. 조금만 생각해도 충분히 이해할 수 있는 부분이지만 난 그 정도로 쓰는 것에 문외한이었다.

《하루 한 권 독서법》을 쓰기 위해 나는 100권 이상 책을 읽었다. 어떤 사람은 책 한 권 쓰는데, 최소한 20권이상은 읽어야 한다고 한다. 최소한의 권수이다. 나는 독서에 관련된 책, 즉 경쟁도서라고 하는 책 50권, 비경쟁도서 50권정도 읽고 나의 첫 책을 썼다. 그렇게 읽어도 그것을 막상 글로 써내는 데는 많은 노력이 필요했다. 읽고 쓰고, 읽고 쓰고를 반복하는 과정에서 그 노력의 결실은 조금씩 나타나게 된다. 점점 읽고 쓰는 것이 습관처럼 체화되면서 쓰는 것도 말하듯이 좀 더 자연스러워졌다. 시간의 차이가 있을 뿐이지 읽고 쓰는 것을 멈추지 않으면 말하듯이 글 쓰는 것이 편안해 진다. 나는 그런 수준이 되기 위해 지금도 노력하고 있다.

쓰는 사람이 책을 읽게 되는 이유는 여러 가지이다. 사실 읽는 사람이었기에 쓰게 된다고 봐도 좋을 것이다. 물을 좋아하는 사람이 수영도 하게 되는 원리와 같다. 책을 좋아하는 사람이 자신도 글을 쓰게 되게 된다. 그리고 씀으로써 읽어야 된다는 생각을 더 많이 하게 되는데, 그 이유는 다음과 같다.

첫째는 읽으면 아이디어를 얻을 수 있다. 아이디어를 얻는 것이 어느 날 불현 듯 문득 얻게 되는 경우를 많이 생각할 수 있다. 하지만 그렇게 해서 아이디어는 나타나는 것이 아니다. 그렇게 되기 전까지를 생각해보자. 불현 듯 아이디어가 떠오른 듯 보이지만 사실은 그 전, 그것에 대해서 많이 생각했을 것이다. 만약 해결되지 않는 문제가 있을 경우 그것을 자나 깨나, 앉으나 서나 생각하게 된다. 현재 나는 세부에서 세부 살이 중이다. 세부오기 전 세부 살이를 어떻게 하면 할 수 있을까?, 라고 자나 깨나 생각했다. 그러다가 어느 날 아이디어를 얻었다. 그리고 세부에 살고 있는 지인을 통해서 집을 계약할 수 있게 되었고 집이 계약된 이후에는 짐 싸고 떠나는 일만 남게 되었다. 그렇듯이 아이디어는 그 전, 그 문제에 나 스스로를 많이 노출시킬 경우 나에게 찾아온다. 책을 읽음으로써 내가 평상시 생각해 보지 못한 상황들을 많이 생각하게 된다. 그럼으로써 내가 써야 할 글감의 아이디어를 얻게 되고 그것을 활용해 글을 쉽게 쓸 수 있게 된다.

책으로부터 얻는 아이디어는 다양하다. 글을 쓰기 위한 주제를 정할 때, 나의 주장, 메시지를 만들 때도, 그 메시지를 합리적으로 설명하는 사례를 찾을 때도 유용하게 활용할 수 있다. 여러모로 책은 글을 쓸 때 요긴한 도구가 된다.

둘째로 글을 쓰면서 내가 쓰려는 주제에 대해서 배우게 된다. 내가 아는 지식은 한계가 있다. 하지만 책을 통해서 단시간 내에 많은 지식과 자료를 얻을 수 있다. 그것을 정리하면서 나의 글쓰기에 활용하면 된다. 나는 책 쓰기를 할 때 목차에다가 읽으면서 얻은 자료를 메모한다. 목차 옆에다가 책이름과 그 책에서 필요한 문구를 기록해둔다. 평상시 시간이 있을 때 조금씩 이 작업을 해둔다. 그리고 오늘 쓰기로 한 꼭지 글을 쓸 때 그 자료를 가져다가 글에 활용한다. 그런 작업을 통해서 독자에게 다양한 지식과 자료를 제공하고 좀 더 흥미로운 글이 될 수 있다.

셋째, 읽으면서 글에 익숙한 모드를 유지한다.

쓸 때는 아무장소, 아무 시간에서나 할 수 없다. 하지만 읽는 것은 가능하다. 자투리 시간을 활용할 수도 있고 장소불문 나의 의지만 있으면 읽을 수 있다. 읽으면서 글에 익숙해진다. 그렇게 글과 함께 하는 시간이 많을수록 쓰는 것도 덜 어색해진다. 글과 친숙한 삶이 되기 위한 방법으로 쓰는 것 플러스 읽는 시간을 많이 가지기를 권하고 싶다.

쓰기 위해서 읽는 것은 자연스러운 것이다. 누군가가 읽지 않고 쓰기만 한다면 그 글이 얼마나 흥미로운 내용과 자료들을 가지게 될 런지? 나는 의심스럽다. 작가가 읽으면서 썼기 때문에 더욱 재미있고 유익하고 가치 있는 배움을 제공하는 글이 되는 것이다. 또한 좀 더 쉽게 쓰기 위해서 읽는 것이다. 결국 쓰는 일은 곧 읽는 일이다.

쓰는 것과 읽는 것은 동전의 양면과 같다. 떼어서 생각하기 어렵다. 어느 정도 읽었다면 바로 쓰는 것으로 넘어가야한다. 쓰다보면 읽는 것을 더 자연스럽게 하게 된다. 읽은 내용이 비빌 언덕이 되어 좀 더 술술 쓰게도 된다. 쓰는 것을 함으로써 읽는 것도 더 많이, 더 잘 하게 되는 것이라 말할 수 있다. 글쓰기를 통해, 책 읽는 것도 나의 삶의 한 부분으로 단단히 흡수하시길 바란다.

내가 태어난 이유, 인생목표를 인지한다

나의 인생목표는 그동안 성적에 맞추어져 있었다. 성적이 오르고 내리는 것에 따라 나의 인생 목표는 왔다 갔다 바뀌었다.

나는 중학교에 들어가면서 공부를 열심히 해야겠다고 생각했다. 초등학교에서는 운동을 했었다. 교내 배구선수로 활동을 했다. 방과 후에는 어김없이 모여서 운동을 했다. 운동장 3~4바퀴부터 돌고 실내 체육관으로 집합했다. 담당선생님이 안 계셔도 자체 역할이 있기 때문에 운동을 시작하고 운동을 순서에 맞춰 하는 것에는 크게 지장이 없었다. 벽보고 토스 100개하기, 서브 연습 100개하기, 기타 등. 우리가 정한 프로그램대로 나이 어리지만 서로 싸우는 것도 없이 협동심을 발휘하면서 배구연습을 했다. 그리고 교내 대회에 나가서 좋은 성적도 받았다. 그런 경험으로 우리는 서로 친한 친구들이 되었고 다 들서로 잘 지냈다. 하지만 나는 공부 잘 하는 아이들이 부러웠다. 그래서 중학교에 가면 꼭 공부를 잘해야겠다고 다짐했었다.

초등학교 때 운동하느라 공부를 열심히 하지 않았기에 중학교 성적 올리는 것이 쉽지 않았다. 공부라는 것이 어느 날 갑자기 잘 되기는 어렵다. 공부를 잘하고 싶은 욕구는 있지만 욕구일 뿐이었다. 하지만 하고 싶다는 마음이 강해지면서 행동도 따라가게 되었다. 시험 2주전부터 나는 밤잠 자지 않으면서 공부를 했다. 지금도 생각난다. 새벽시간 공부를 하면서 세상 행복한 표정을 하고 꿀잠에 빠져 자고 있던 언니가 얼마나 부러웠던지, 지금도 그때 감정과 기억이 생생하다. 그렇게 공부를 하면서 중학교 입학 첫 시험에서 반에서 5등 안에 들었다. 그 당시 한 반에 아이들은 60명가량 되었다. 그 중에 5등 안에 들었다는 것은 대단한 자부심을 갖게 함에 부족하지 않았다. 스스로 너무나 대견스러웠다. 그리고 성적에 맞추어서 나는 상상을 했다. 이 성적으로 이제는 나도 내가 하고 싶은 공부를 할 수 있어. 그리고 내가 갖고 싶은 직업도 가질 수 있어, 라는 막연한 행복감에 젖어 들었다.

중학교, 고등학교를 졸업하고 나는 재수를 했다. 성적이 잘 나오고 공부 잘하는 학생이었지만 내가 사는 곳은 시골이었다. 시골에서 아무리 잘해도 전국구를 봤을 때는 부족한 면이 있다. 성적에 맞추어서 대학을 들어가려했지만 보기 좋게 실패하고 말았다. 그래서 다시 재수에 도전했다. 다행스럽게, 나는 점수를 올리게 되었고, 그 점수에 맞추어 맞는 대학을 들어가게 되었다.

내 삶에 점수와 대학이란 단어만 있었지, 재능이란 단어는 낯선 단어였다. 내가 자랄 그 당시에 그 누구도 재능이란 단어를 사용하지 않았다. 나는 들어보지 못했다. 타고 난 재능이란 것, 자체를 생각하지 못했다. 내가 무엇을 잘할 수 있나?, 라고 했을 때, 나는 막연히 운동하는 것을 좋아하고, 다른 아이보다 운동을 좀 잘한다는 정도로만 알고 있었다. 지금 생각하니, 그것이 재능인 것이다. 타고난 재능을 살려서 그것과 연관된 어떤 것을 해야겠다는 개념자체가 없었기에 오로지 진로는 성적이 기준이었다. 성적이 곧 재능이면서 인생목표를 정하는 최고의 근거자료가 되었다.

나는 현재 보건교사라는 직업을 가지고 있다. 남들이 보건교사라고 하면, 부러워들 한다. 하지만 나 스스로 생각했을 때 보건교사 업무자체가 쉽지 않은 부분도 많이 있다고 생각한다. 물론 쉬운 직업이 어디 있겠느냐고 말할 수 있지만 외적으로는 잘 보이지 않으면서 그 일을 직접해봐야지만 알 수 있는 고충이나 어려움이 보건교사란 직업에도 있다는 것이다. 또한 나의 적성에 맞나 하는 의심도 가끔 해보았다. 나의 적성, 재능을 이 나이에 와서 운운하는 것도 우스꽝스러운 일이지만 이 나이기에 더욱 재능을 찾고 싶은 마음이 든다. 재능은 내가 태어난 이유라고 할 수도 있다. 그 재능을 발휘하여 주변에 더 좋은 영향력을 끼치는 것이 어쩌면 내가 태어난 궁극적 이유가 되는 것이다. 타고난 재능을 찾아서 그것을 계발하고 그것으로 나의 인생목표를 정하고 싶은 마음이 간절해진다.

글을 쓰면서 내가 태어난 이유, 나의 삶을 투자해야할 인생목표를 명확하진 않지만 어렴풋이 느끼게 되었다. 간호장교를 전역하면서 간호학원 강사생활을 했을 때도 나는 마음속 깊이에서 뿜어져 나오는 만족감과 행복감을 느꼈었다. 내가 가지고 있는 것을 다른 사람에게 나누어주고 공유할 수 있다는 것이 큰 기쁨이었다. 그 전에는 경험해보지 못했던 것이었다. 그리고 시간이 흘러 2017년 나의 인생 첫 책을 출간하면서 나는 비슷한 기쁨과 행복감을 느꼈다. 말로 내가 아는 것을 알려줄 때와 글로 내가 경험한 노하우를 알려주는 것은 같은 만족감을 안겨주었다. 재능이라고까지는 말할 수 없지만 분명 재능을 발견하고 그것을 발휘할 때 느끼는 비슷한 행복감을 느낀다는 것을 발견하게 되었다.

　말과 글은 자신의 깊은 내면을 거쳐서 표현되는 것이다. 말과 글이 그냥 튀어 나온다고 하기보다 그래도 내면을 거쳐 한번은 걸러져서 하게 된다. 특히 대중 앞 에서 하는 강의나 책 쓰기는 더 많은 사고 과정을 거쳐 그것을 표현하게 된다. 어쩌면 더욱 철저하게 내면에 솔직해지고 내면의 소리에 귀 기울인 자신의 메시지를 전달한다. 간호학원 강의할 때, 가끔 학교에서 학생대상, 교직원대상 어떤 주제로 강의를 할 때, 나의 내면에서 나오는 목소리를 낼 때 가장 반응도 좋고 나또한 만족감이 높아진다. 글을 쓸 때도 마찬가지이다. 글을 쓰기 전, 시간만 보내면서 고심하는 과정을 거쳐 몇 자 적을 때도 철저히 깊은 내면을 방문하게 된다. 그것이 없고는 보통 한 꼭지 분량인 A4 2장을 채울 수가 없다. 내면의 소리여야만 다 채우고도 종이가 부족하게 된다. 강의나 글쓰기나 철저히 자신의 내면을 드러내게 되는 활동이란 점에서 개운함을 느끼게 된다. 내면을 더 잘 드러낼수록 강의나 글쓰기 결과물은 감동적인 그 무엇이 된다.

　글쓰기는 자신의 내면을 반복해서 들여다보는 작업이기에 자신이 세상에 태어난 이유와 인생목표를 찾는데 도움이 된다. 스스로 자신을 생각하지 않고서는 인생목표를 찾지 못한다. 자신에게 가장 잘 맞는 인생목표를 찾기 위해서는 내면을 들여다보는 과정을 거쳐야 한다. 내면을 들여다보지 않고 무엇을 근거로 인생목표를 찾을 수 있겠는가? 글쓰기 전에는 자신의 내면을 들여다보는 것도 어색했다. 즉흥적인 욕구는 익숙해도 깊은 내면의 욕구는 찾기 어려웠다. 하지만 글을 쓰면 달라진다. 쓰면서 내면을 보는 것이 일상이 되기 때문에 자신을 더 잘 아는 계기가 된다. 글쓰기를 통해서 나를 알게 되고 나를 알게 되니 글쓰기도 더 잘 되는 선순환이 일어난다. 나를 제대로 알게 되는 글쓰기를 통해 내가 태어난 이유와 내가 앞으로 해야 할 인생목표를 건지게 된다.

나이가 들었다하더라도 자신이 태어난 이유와 인생목표를 모르는 경우가 있다. 그렇기 때문에 지금이라도 그것을 정해야하고 그것을 정하기에 늦은 때란 없다. 어릴 때 찾지 못했다면 나이가 들어서도 찾아야 할 것이 태어난 이유와 나의 인생목표이다. 부끄러워하지 말자. 늦었다고 포기하기에는 한 번뿐인 인생이 너무 소중하다. 글쓰기를 통해 자신의 내면, 아주 깊숙이까지 들여다보고 내가 태어난 이유와 인생목표를 찾아보자. 그 동안 자신을 들여다보는 것이 어색했다. 어떻게 하는지도 몰랐다. 하지만 글쓰기를 한다면 이 어색한 것이 덜 어색해진다. 시간이 좀 더 지나면 아주 당연하게 내면과 대화하는 자신을 발견할지도 모른다. 글쓰기를 통해 나의 열정, 시간, 삶을 투자할 소중한 인생목표를 인지하자.

글 쓰는 사람은 출간도 시간문제

우연히 TV 프로그램을 보다가 멋진 스토리를 만났다. 유명 여가수인데 올해 나이가 예순이 다 되어간다. 60세의 나이, 이 나이에 바디빌딩 대회에 참석하기 위해 노력하는 모습들이 나온다.

우선 식단조절을 한다. 대회 2달을 앞두고 하루 칼로리를 조절한다. 1,200kcal로 조절하기 위해 하루 먹을 음식을 아침마다 아이스박스에 넣는다. 그 음식을 들여다보니, 보통 다이어트할 때 많이 먹는 닭 가슴살과 야채, 마즙 같은 것. 현미밥이 보인다. 집에 있는 가정주부도 아니고 밖에서 공연하는 가수이다. 그렇게 먹고 견뎌 내겠나?, 저러다 병이라도 나는 것 아닌가? 연세도 있으신데, 괜스레 걱정이 된다. 정작 당사자는 표정이 아주 밝다.

식단조절에 이어 다음은 헬스장에서 운동 하는 모습이 나온다. 트레이너가 시키는 근육운동을 한다. 땀을 비 오듯이 흘리면서, 목표로 한 개수를 채우기 위해 노력한다. 근육의 미세한 떨림까지 볼 수 있는 것으로 봐서 여가수는 최선을 다하고 있다는 것을 알 수 있다. 하루에 2시간씩 운동을 하고 운동이 끝나고는 다시 공연장으로 간다.

"첫발을 떼는 것이 중요하다."

여가수는 이렇게 강조한다. 비록 나이가 많고, 전혀 해보지 않은 새로운 분야일지라도 자신을 이기고 싶기 때문에 바디빌딩 대회에 출전하기로 했다고 이야기한다. 자신을 이기고 싶어 하는 한 방법으로 바디빌딩을 선택한 것이다. 남들의 이목에 신경 썼다면 도저히 할 수 없는 분야이다. 남들보다 더 중요한 자신과의 약속을 지키기 위해 여가수는 멋있는 도전을 한 것이다. 그리고 이것이 여가수 활동에서 계속 왕성한 활동을 할 수 있는 시발점이 될 것이다. 외모를 꾸준히 관리해야 하는 연예인이기 때문에 바디빌딩 출전하면서 배운 부분들이 평생 값진 소중한 것들이 될 것이다. 바디빌딩 대회출전이란 것을 통해 여가수로서 연예활동을 더 건강하게 오랫동안 유지할 수 있는 하나의 계기가 된 것이다.

첫 발을 떼는 것이 중요하다고 한 말처럼 책 쓰기에 있어서 첫발은 글 쓰는 행동이다. 평상시 글 쓰는 것을 하는 사람은 책 쓰기에도 관심을 가지게 된다. 꼭 자신의 글이 아니라도 평소 꾸준히 쓰는 사람은 책 쓰기를 시도하게 된다.

나는 책은 읽었지만 글을 쓰는 것이 자신이 없었다. 왜냐하면 글이란 것을 특별히 써보지 않았기 때문이다. 새로운 것에 대한 두려움, 새로운 행동에 대한 자신 없음이 글쓰기에서도 당연히 일어나는 현상이다. 두려움은 쉽게 사라지지 않는다. 두려움이라는 생각을 없애기 위해서는 생각만으로 극복하는 것이 아니라 행동으로 그 두려움을 없애야 한다. 그래서 나는 글 쓰는 두려움을 없애기 위해 필사라는 행동을 하기 시작했다.

필사는 나의 글이 아닌 남의 글을 베껴 쓰는 것이지만 그래도 글을 쓰는 것이다. 처음부터 자신의 생각을 적는 것은 쉽지 않다. 물속에 들어가지 않고 수영을 배우기는 어렵다. 일단 수영을 하려면 물속에 들어가야 한다. 맥주병처럼 '꼬르륵' 하고 바로 빠지는 한이 있더라도 물이라는 환경에 자신을 노출시켜야 한다. 그것처럼 글이라는 것을 쓰려면 무조건 글쓰기를 해봐야 한다. 일기를 쓰듯이 아무 이야기나 쓰면 좋다. 하지만 일기의 단점은 자신만이 본다는 것이다. 쓰는 것에 긴장을 덜하게 된다. 그래서 일기는 일기일 뿐인 글이 된다. 발전을 기대하기 어렵거나 발전이 아주 느린 글이 된다. 그래서 아무이야기나 자신의 속에 있는 것을 끄집어내면서 남이 본다는 전제하에서 글을 쓰는 습관을 들여야 한다. 남이 보는 글, 이것에 대한 두려움을 극복하기 위해 필사가 가장 좋다. 필사를 우습게보면 안 된다. 필사를 통해서 얻을 수 있는 것은 많다.

나는 본격적으로 글쓰기 하기 전에 필사부터 했다. 다른 작가의 인생 첫 개인저서 위주로 필사를 했다. 글은 시간이 지나면서 좋아진다. 첫 작품과 두 번째 작품이 다르다. 그렇기 때문에 이양이면 다른 작가의 첫 작품으로 좀 더 편안하게 필사를 할 수 있다. 그렇게 하면서 1꼭지 쓰는 법을 숙달할 수 있다. 서론-본론-결론에 대한 감을 가지고 필사를 하다보면 이 형식에 맞추어 쓰진 글들을 인지할 수 있다. 그리고 대화의 글은 어떻게 쓰는지도 알게 되고, 사례를 어떻게 들어서 자신의 메시지를 합리적으로 증명하는지도 관찰할 수 있다. 필사는 수영으로 따지면 실습과 같은 것이다. 이론과 실습은 동시에 해야지 빠르게 실력향상을 볼 수 있다. 글쓰기도 필사를 통해서 글쓰기에 좀 더 편안하게 접근할 수 있다.

매일 1꼭지씩 필사하면 글 쓰는 것이 익숙하게 된다. 익숙하게 되면 내 글을 쓰게 된다. 필사로 닦은 실력을 내 글에서 발휘하게 되는 것이다. 이렇게 필사로부터 시작해서 글쓰기에 자신을 최대한 노출시키고 그것이 익숙해지면 자신의 메시지를 담은 글쓰기를 시작할 수 있다.

책은 한 살이라도 젊었을 때 써야한다. 내가 개인저서를 출간해보니, 책을 왜 진작 출간하지 않았을까 아쉬움이 남는다. 현재 많은 사람들이 책을 쓰고 싶어 하는 사회적 분위기이다. 책을 써야 하는 이유는 많다. 책을 써야 하는 이유는, 우선은 나의 스토리를 다른 사람에게 들려줌으로써 정보와 노하우를 제공하고 동기 부여할 수 있다는 것이다. 사람은 자신이 가지고 있는 것을 나누어주려는 본성을 가지고 있다. 기본적으로 이런 심성을 다 가지고 있다. 나누어 줌으로써 갖게 되는 행복감이 크기 때문이다. 나 또한 마찬가지이다. 머리에 있는 지식과 지혜를 나누어주는 만족감은 그 무엇으로도 표현하기 어려울 정도이다. 두 번째는 개인 브랜드화가 된다. 나의 경험과 노하우가 다른 사람들에게 좋은 영향력을 미칠수록 나의 이름도 브랜드가 된다. 이것은 자연스럽게 따라오는 과정이다. 세 번째 책을 써야 하는 이유는 책을 씀으로써 나의 인생이 새롭게 바뀐다. 기계로 따지자면 업그레이드된다고 할까?, 인생사는 가치관이 바뀐다. 라이프스타일도 더욱 건강해진다. 책을 쓰기 위해서 시간의 소중함을 알게 되고, 새벽시간을 활용하면서 밤 시간을 줄이면서 더욱 건강한 삶을 살게 된다.

쓰는 것이 어색하다면 필사부터 시작해라. 현대인은 짧은 글쓰기는 익숙하다. 요즘은 메시지로 서로 의사소통하는 경우가 많다. 스마트 폰이 많은 영향을 미쳤다. 하지만 긴 글일 경우는 여전히 자신 없다. 왜냐하면 긴 글을 잘 쓰지 않았고, 그래서 방법을 잘 모르기 때문이다. 하지만 조금만 연습하면 짧은 글 쓰듯이 긴 글도 쓰게 된다. 필사로 그 방법을 자연스럽게 터득하면 문제가 되지 않는다. 꾸준히 남의 글이든 내 글이든 매일 쓰는 방법이 최고이다.

글 쓰는 사람이 책 쓰는 것은 시간문제가 된다. 유명 여가수의 말처럼 첫 발을 떼는 것이 어렵지, 첫 발만 떼면 그것은 새로운 도전이고 시작이다. 인생 많은 값진 것들을 가져다주는 책 쓰기의 첫 발은 글쓰기이다. 평상시 글쓰기를 통해서 책 쓰기도 가능하게 된다. 글쓰기가 어렵다고 생각된다면 내 글이 아니라 남의 글로라도 자판을 두드리면서 매일 필사해라. 필사만큼 글쓰기의 훌륭한 스승도 없다고 강조하고 싶다. 짧은 글쓰기에 익숙한 내가 필사로 한 챕터씩 쓴다면, 금방 긴 글에 익숙하게 될 것이다. 그렇게 글을 쓰면서 그것이 나의 일상처럼 익숙하게 되면 다음차례는 나의 책을 갖는 것이다. 글 쓰는 사람에게 그것은 자연스런 과정이다. 책 쓰기, 글을 쓰면서 자연스런 나의 삶이 될 것이다.

메신저를 향해 삶은 이동한다

우리는 누구나 메신저가 된다. 주변 가족, 이웃, 그 모든 사람들에게 메신저로서 역할을 할 수 있다.

현재 나는 필리핀 세부에 살고 있다. 초등학생 아이 둘을 데리고 필리핀에서 세부 살이를 하고 있다. 이 곳 생활을 한지도 벌써 1년이 다 되어 간다. 아이들은 잘 적응하고 있고 지금도 적응 중에 있다. 어제 둘째 아이가 이런 이야기를 한다.

"엄마, 담임선생님이 나한테 자꾸 안 좋은 이야기를 하는 것 같아."

"그래? 뭐라고 이야기하는데?"

"필리핀 말이라 정확히는 모르겠지만, 안 좋은 이야기 같아서 기분이 안 좋아."

"응, 그렇구나, 기분이 안 좋았구나."

최대한 아이의 감정을 존중해주었다. 그리고 그 담임선생님에 대해서 생각해보았다. 그 선생님은 아이가 셋이다. 제일 큰 아이가 초등학생 5, 6학년 정도되어 보인다. 작은 아이는 유치원생, 아이 셋이 둘째 아이가 다니는 학교에 다니고 있다. 아침에 둘째를 데려다 주러 가면 막내는 항상 선생님인 엄마 옆에 있다. 아이의 손에는 핸드폰이 들려있고, 둘째의 담임선생님인 엄마는 다른 일을 하느라 바쁘다.

나는 간혹 점심시간에 학교에 가서 둘째인 정아와 밥을 먹을 때가 있는데 그 때 그 담임을 보기도 한다. 이 곳 학교는 점심시간에 엄마들이 도시락을 싸서 가지고 온다. 자식에 대한 사랑은 전 세계.어느 곳에서나 지극 정성이다. 나는 아침에 도시락을 싸서 보내고, 간혹 점심시간을 찾아 매점에서 밥을 사서 아이들과 함께 먹곤 한다. 그때도 담임선생님을 볼 수 있다. 선생님들도 매점에서 밥을 사서 먹는다. 정아의 담임은 매점에서 밥을 사서 유치원 아이를 데리고 교실로 들어간다. 저 선생님을 보니 나의 아이들이 어렸을 때가 생각난다. 나는 낮에는 직장에서 일하고 퇴근해서는 아이들을 돌보았다. 주말부부라 오로지 혼자서 아이들을 봐야했다. 지금 표현으로 '독박육아'를 했었다. 아이들 어렸을 때 나를 생각해보니, 그 담임선생님이 얼마나 힘들까 하는 생각이 든다. 직장일도 하고 자신의 아이들도 돌보는 그 시간이 쉽지 않을 것이다. 점심때조차, 쉬지 못하고 자신의 아이들을 봐야한다. 그러니 학생들에게는 다소 소홀해질 수 있을 것이다. 몸이 힘드니 학생들에게도 여유로운 마음이 되지 않을 것이다. 이것은 당연한 일이다.

담임선생님이 자기 아이들도 보고 학생들도 보니 힘들다. 정아에게 담임선생님의 상황들을 이야기해주었다. 엄마가 너희들을 키워봤기 때문에 잘 알잖아, 쉬운 일이 아니야, 그 선생님이 일하는 학교에 자기의 아이들이 없으면 가장 좋은데, 여기 필리핀 시스템은 담임선생님이 너희들도 보고 자기 아이도 봐야 해서 힘들 수 있는 것 같다. 엄마생각에 그 선생님이 아이들을 다른 학교에 보내면 가장 좋을 것 같다. 만약 그것이 안 된다면 네가 선생님을 이해해야 해, 라고 알려주었다. 아이는 고개를 끄덕거렸다. 자신에게 뭐라 안 좋은 이야기를 하는 선생님에 대한 원망보다는 선생님이 힘든 상황이구나, 그래서 마음의 여유가 없구나, 라고 이해하는 것 같다.

"알았어, 엄마. 선생님이 정말 힘들겠어. 선생님이 뭐라 그래도 이해를 할께."

그렇게 대답하는 정아를 보고 다행이란 생각이 든다. 담임선생님을 미워하지 않고 이해하게 되었으니, 정아도 오로지 미움만 받고 있다고 오해하는 것보다 훨씬 마음이 편할 것이다. 나의 경험을 아이에게 이야기해줌으로써 아이에게는 자신이 생각해보지 못한 부분을 생각할 기회를 갖게 해주었다. 그리고 아이에게 힘든 상황을 엄마의 경험이야기와 조언으로 잘 이해하게 되고 또 불편한 상황을 다른 시각으로 보는 계기가 되었다. 나는 엄마이자 아이의 고민을 상담해주고 조언한 메신저가 되었다. 엄마는 아이에게 누구나 메신저가 되는 것이다.

글을 쓰게 되면 더 많은 사람에게 메신저로서의 역할을 하게 된다. 나는 세부에서 글을 쓰는 시간을 가진다. 아이들이 학교에 가면 대부분의 시간을 글을 쓴다. 한 권의 개인저서를 낸 이후부터 달라진 나의 삶이다. 쓰면서 생각하고 생각하면서 다음의 쓸 주제를 정한다. 이런 생활이 이제 나의 삶이 되었다. 이렇게 글을 쓰면서 나는 이 곳 세부에서 공저도 쓰게 되었다. 이 곳 세부를 오기 전 세부의 생활에 대한 책들이 별로 없다는 것을 나는 알게 되었다. 그래서 내가 세부를 가게 된다면 꼭 세부에 대한 책을 써야겠다, 라고 생각했다. 그래서 나처럼 세부 살이를 원하는 사람들에게 정보제공과 동기부여를 해야겠다, 고 생각했다. 그렇게 나는 그 다짐을 실천하게 되었다. 세부 살이를 오랫동안 한 2명과 함께 나는 책 쓰기에 돌입했다. 2명은 책 쓰기가 처음이기에 나의 책 쓰기 기술과 노하우를 가르쳐 주면서 공저를 쓰기 시작했다.

자신의 글쓰기 경험은 값진 것이다. 그 글쓰기 경험과 노하우를 다른 사람에게 알려줄 수 있는 기회는 많다. 순수하게 다른 사람을 돕기 위해 시작한 메신저로서의 역할은 시간이 지나면서 사람들에게 값진 가치를 만들게 할 수 있다. 그것이 계기가 되어 더욱 많은 사람에게 글쓰기에 대한 나만의 경험과 노하우를 알려주게 된다. 책에 나온 내용보다 자신이 경험한 것을 직접 알려줌으로써 생생한 지식과 지혜가 된다. 처음 하는 일이 항상 가장 어렵게 느껴지는데, 글쓰기도 마찬가지이다. 특히 한국 사람에게는 글쓰기가 쉽지 않다. 공교육과정에서 글쓰기를 강조하지도 않았고 그것을 배울 기회도 없었다. 미국이나 다른 선진국과 다른 상황이다. 그렇기에 한국 사람은 글쓰기를 더욱 어렵게 느낀다. 그런 상황에서 나의 글쓰기 노하우는 가뭄의 단비마냥 한마디 한마디가 특별하게 받아들여질 수 있다. 직접 알려주기 때문에 더욱 그렇다고 생각한다.

만약 내가 책을 내기 전 상태였다면 그 누군가 책 쓰기를 가르쳐준다고 한다면 대가를 지불하더라도 그것을 배웠을 것이다, 라고 생각한다. 글쓰기에 대한 생각은 누구나 마찬가지이다. 어렵지만 그것을 해보고 싶어 한다. 그래서 책도 내고 싶어 한다. 그런 사회적인 분위기에서 나의 글쓰기 노하우는 유용한 정보와 지식이 되는 것이다. 그렇기 때문에 어느 정도 대가를 받을 수 있다. 이때는 좀 더 체계적인 메신저로서의 삶을 살게 될 것이다.

글쓰기를 함으로써 당신은 가장 확실한 메신저가 될 수 있다. 글쓰기는 자신의 경험과 노하우를 종이에 적는 행위이다. 어떤 주제를 정해서 그것에 대해 자신이 그 동안 겪고 느끼고 깨달은 깨알 같은 정보와 노하우를 다른 사람에게 알려주는 것이다. 처음에는 혼자서 조용히 쓰고 혼자서 읽는 것으로 끝낼 수 있다. 하지만 시간이 지나면서 다른 사람과 공유하고 싶어진다. 글쓰기에 자신감이 생기면서 책도 쓰게 될 것이다. 아이에게 엄마의 경험과 생각, 조언을 알려주듯이 그렇게 우리는 누군가에게 좀 더 체계적인 경험과 노하우를 알려준다. 나로 인해 누군가가 힘을 얻고 동기부여 받아서 새로운 도전을 할 수 있다고 상상해보라. 그것처럼 가슴 벅찬 일도 없을 것이다. 글쓰기를 통해서 그런 벅찬 삶을 살 수 있다. 메신저로서의 삶, 글쓰기를 하면서 우리는 누구나 메신저로서 가치 있고, 어쩌면 물질적인 만족까지 얻게 될 수 있다는 점, 마음 한편으로 고이 간직하고 기억하자. 그렇게 우리는 씀으로써 점점 더 메신저의 삶으로 이동하게 된다.

제3장

글 쉽게 쓰는 7가지 지침

처음 쓴 글은 대부분 서툴다

긴 글을 쓰는 것에 사람들은 자신감이 없다. 왜냐하면 많이 써보지 않았기 때문이다. 학교에서도 글을 길게 쓰는 과정은 별로 없었다. 그나마 긴 글쓰기라면 일기를 생각할 수 있다. 일기는 남에게 보여주지 않고 자신만 읽는다는 점에서 편안한 마음으로 길게 쓸 수 있다. 그렇기 때문에 무슨 이야기든지 쏟아내면서 자유롭게 쓴다. 일기쓰기를 한 사람이라면 글 쓰는 것에 조금은 유리한 입장이라고 볼 수 있다. 하지만 모든 사람이 일기를 쓰는 것은 아니다. 생각 외로 많지 않다. 특히 성인일 경우에는 바쁜 삶으로 더욱 그렇다. 결국 대부분의 사람들이 긴 글을 쓰는 일이 많지 않고, 그것을 어렵게 생각하는 것이 당연한 현상이 되었다.

글쓰기에 대한 심리적 부담감을 극복한다면 좀 다르게 쓸 수 있고 다른 삶을 살게 될 것이다. 글쓰기가 다소 힘들게 느껴지더라도 그 동안 쓰는 경험을 할 기회가 없어서 그렇다고 생각하자. 글쓰기 부담감을 뛰어넘는다면 새로운 별천지가 펼쳐질 것이다. 사람들이 글쓰기 장벽에 포기하는 경우가 많았는데, 진짜 행복감과 만족감은 그것 뒤에 있다. 간단한 그 진리를 인지하고 받아들이고 노력한다면, 글쓰기로 새로운 세상을 살게 될 것이다.

인생 처음으로 원고를 쓸 때를 나는 생생히 기억한다. 목차까지는 잘 만들었지만 첫 꼭지쓰기가 어려웠다. 일기를 써보기는 했지만 그것이 아주 오래전의 일이었다. 글이라고는 담을 쌓고 살았기 때문에 더욱 힘이 들었다. 꼭지제목을 한글 워드 화면 제일 위에 써놓고 글을 쓰지 못했다. 계속 쓰려고 했지만 무엇부터 어떻게 써야할지 자꾸만 망설여졌다.

기성 작가들도 첫 문장 쓰기가 가장 어렵다고 한다. 책을 서너 권씩 낸 기성 작가들도 첫 문장을 쓰지 못해 많은 시간을 소모한다고 한다. 나는 충분히 이해가 된다. 말할 때는 그렇지 않다. 첫마디를 못 꺼내서 할 말을 못하는 경우가 많지 않다. 하고 싶은 말을 그냥 시작한다. 하고 싶은 말 위주로, 쉽게 말해서 핵심위주로 말문을 연다. 말문을 열고 한 마디라도 하게 되면 그 다음 말이 자동으로 또 튀어나온다. 그것처럼 글도 어쨌거나 시작을 해야지 그 다음 문장도 쓰게 된다. 그런데 첫 문장에 너무 많은 시간과 에너지를 소모한다. 그만큼 다음 문장도 시간이 걸리게 된다. 그 나마 시간이 걸리더라도 쓰면 다행이다. 하지만 쓰지를 못하고 중간에 포기하는 경우도 있어서 안타까운 노릇이다.

다행히 나는 첫 꼭지를 쓸 때 포기하지 않았다. 만약 그때 포기했다면 현재 《하루 한권 독서법》은 세상에 나오지 않았을 것이다. 나는 첫 꼭지를 완성하는 데 많은 시간을 들였다. 2박 3일이란 시간을 투자해야 했다. 지금 생각하면 참 대단했다. 2박 3일을 들일 정도로 글이라는 것을 잘 쓰지 못했는데, 그래도 그것을 극복하고 썼다는 것이 스스로 대견스럽다. 그렇게 포기하지 않고 첫 꼭지 글을 마무리 할 수 있었던 이유는 책에서 읽게 된 기막힌 한 문장 때문이다.

'처음 쓴 모든 글을 쓰레기이다.'

이 문장을 접하고 나는 글쓰기에 자신감을 가질 수 있었다. 많이 해본 것들은 마음상태부터 다를 텐데, 많이 써보지 않았기 때문에 자신감이 떨어졌었다. 저번에도 했기 때문에 이번에도 할 수 있을 거야, 이런 마음 상태가 아니었다. 자신감이 떨어지면 글쓰기를 거부할 수 있다. 죽이 되든 밥이 되든 자꾸 써야지 글이라는 것이 좋아지는데, 아예 시도조차 거부할 수 있는 것이다.

어린 아이들이 글을 쓸 때 자신감을 심어주는 방법은 자꾸 쓰게 하는 것이다. 맞춤법이 틀리더라도 지적하는 것을 뒤로 미루어야 한다. 자신의 마음을 자유롭게 표현할 수 있는 것이 어쩌면 글쓰기에서 가장 중요하다. 맞춤법을 가르치려다 주눅이라도 들게 한다면 아이들은 글 자체를 쓰지 않으려 할지 모른다. 처음에는 그냥 쓰게 내버려두어야 한다. 그리고 어느 정도 이것이 숙달되었다면 그때부터 맞춤법을 하나 둘 가르쳐 주는 것이다. 이렇게 해야 아이들이 글 쓰는 횟수를 늘릴 수 있고 횟수가 늘어나는 만큼 글 쓰는 재능도 발전하고 자신감도 높아지게 되는 것이다. 중요한 것은 글 쓰는 횟수를 늘리는 것이라 할 수 있겠다.

그것처럼 성인들도 글 쓰는 횟수를 늘리는 시스템을 가지는 것이 중요하다. 글을 자꾸 쓸 수 있는 방법은 글이라는 것을 조금은 우습게 생각하는 것이다. 처음부터 완벽히 써야지만 된다는 강박관념도 버려야 한다. 잘 하려면 더 어려워진다. 이것은 모든 상황에 적용되는 진리이다. 글쓰기를 더 잘 하고 싶다는 마음이 들어서는 순간 자판을 두드리지 못할지도 모른다. 글을 쓰지 못하게 된다. 만만하고 쉽게 생각해야 한다. 글쓰기를 만만하고 쉽게 생각하는 방법의 하나가 처음 쓴 모든 글은 쓰레기이다, 라는 문구를 가슴깊이 박아두는 것이다. 글을 쓸 때마다 수시로 꺼내서 그것을 생각해야 한다. 안 써질수록 그 문구를 되새기면 글 쓰는 마인드로 자세를 바꿀 수 있다.

쓰레기라는 단어가 임팩트있게 나에게 각인된다. 사람이 움직이는 곳에는 쓰레기가 발생한다. 음식을 먹어도 쓰레기, 운동을 해도 쓰레기, 사람을 만나도 항상 쓰레기들이 생기게 마련이다. 그런 쓰레기가 글을 쓸 때도 생긴다. 특히 처음 쓰는 글일 경우 쓰레기일 가능성이 더 높아진다. 왜 내 글은 훌륭해야 한다는 전제를 가지고 있는가? 내 글은 그 누군가에게 특별한 것이 되어야 한다고 생각하는가? 처음 쓰는 글은 형편없다. 쓰레기이다. 고치면서 옥석이 된다, 라고 생각하자. 이렇게 생각해야 글을 쓸 수 있다.

글을 쓸 때 '처음 쓴 모든 글은 쓰레기이다'라는 생각을 붙들어라. 이 문구를 나의 마음 중앙에 새기고 글을 써야 한다. 왜냐하면 그런 생각이 잘 써야겠다는 부담감을 내려놓게 하기 때문이다. 또한 극단적으로 쓰레기를 쓴다는 마음이면, 내면의 모든 것을 마음껏 끄집어내어 쓸 수 있다. 긴 글을 잘 쓰지 못하는 이유 중 하나가 잘 써야 한다는 부담감이다. 이 부담감을 없앤다면 우리는 쉽게 긴 글쓰기에 도전할 수 있다. 마음의 생각을 바꿈으로써 자판을 두드리는 벽을 낮추는 것이다. 쓰레기를 쓴다는 마음으로 쓴다면, 따지지 않고 아무것이나 길게 쏟아내게 된다. 쏟아 낼 수 있는 힘은 글쓰기에서 아주 중요하다. 쏟아내다 보면 나쁜 글도 쓰지만 좋은 글도 많이 쓰게 된다. 자신감 있게 내면을 쏟아내면서 글쓰기라는 벽을 허물 수 있는 것이다. 쓰레기를 써도 좋다. 나의 글이 꼭 잘 써야 하는 것은 아니다. 이런 생각으로 글쓰기에 임하자.

처음 쓴 모든 글은 쓰레기이다, 라는 문구가 필요하다. 특히 처음 글을 쓰는 사람에게는 더욱 그렇다. 글을 못 쓰는 이유 중 하나가 부담감인데, 이 문구가 그 부담감을 덜어내기 때문이다. 글쓰기 부담감은 모든 글에 해당된다. 책 쓰기의 꼭지 글쓰기에서부터 혼자만 보는 일기쓰기에 이르기까지 구분 없이 글쓰기가 부담스럽다. 하지만 모든 글은 쓰레기이다, 라는 문구를 가슴에 새기는 순간, 그 부담감은 줄어든다. 쓰레기를 쓴다는 마음으로 쓴다면, 나의 메시지와 일화들을 쏟아낼 수 있다. 문구하나로 나의 글쓰기가 수월해진다는 사실이 신기할 따름이다. 긴 글쓰기 어려워하지 말고 쓰레기를 쓴다는 생각으로 매일 쓰자. 쓰레기가 쓰레기로 끝나지 않는다. 쓰레기가 제대로 재활용되어 옥석의 글들이 되는 일만 남았다.

모든 글쓰기에 서론-본론-결론을 적용시켜라

긴 글을 쓸 때 꼭 필요한 도구라고 한다면, 서론-본론-결론 형식이다. 긴 글이라면 한 꼭지 분량이다. 한 꼭지 분량이라면 A4 2장에서 2장반 정도를 말한다. 짧은 글을 쓸 기회는 많지만 한 꼭지 분량을 쓸 기회는 본인 스스로 만들지 않으면 잘 없다. 두려움을 버리고 시간을 내서 스스로 써보아야 한다. 이 분량을 써야지 제대로 자신의 사고를 펼쳐서 쓰는 글일 수 있다. 물론 칼럼이 A4 1장 분량이라 처음에는 그 분량으로 시작해도 되지만 결국 마지막에는 A4 2장 분량을 쓰는 것을 해야 나중에 책 쓰기도 쉽게 도전할 수 있다. 글을 쓸 때는, 특히 긴 글일 경우에는 우리가 익히 알고 있는 도구인 서론-본론-결론 형식을 이용한다는 사실, 다시 한 번 기억하고 시작하자.

서론-본론-결론 말은 많이 들었지만 막상 어떻게 써야 할지 막막하다. 서론은 들어가는 문단이다. 그렇게 하고 나서 그 다음은 어떻게 해야 되지? 본론은 서론에 나온 이야기를 풀어주어야 하는데, 무엇을 말하면 되지?, 결론은 그야말로 마지막에 쓰는 것인데, 그것 또한 어렵다. 막연히 알고 있는 서론-본론-결론 형식이 막상 써보려고 하니, 제대로 써지지 않는다. 어렴풋이 알고만 있는 지식이었다. 우린 이럴 경우가 많다. 자주 듣고 보고, 알고 있지만 막상 그것을 재현하려거나, 직접 활용하려고 하면 앞이 캄캄해지면서 머리가 하얗게 바뀌는 현상들이 일어난다. 서론-본론-결론 형식에 맞추어 막상 쓰려고 하면 그런 증상이 똑 같이 일어난다. 그래서 한번 제대로 확인해 봐야한다. 어떻게 서론-본론-결론을 쉽게 활용해서 글쓰기가 쉬워질지 그 방법을 알아보자.

나는 현재 쓰고 있는 이 꼭지 글을 쓰기 전에 어떻게 써야할지 먼저 생각했다. 이 꼭지 글의 제목은 "모든 글에 서론-본론-결론을 적용시켜라"이다. 서론에 어떤 내용을 넣을까 구체적으로 생각해봤을 때, 우선 서론은 서론-본론-결론이 생각처럼 쓰기 쉽지 않다는 일반적인 사회적 현상을 넣기로 했다. 사회적 현상이라고 하니, 좀 거창하게 느껴지기도 하지만, 대체적으로 누구나 받아들일 수 있는 내용이란 의미이다. 서론-본론-결론이 글을 쓸 때 아주 유용하지만 처음에는 생각보다 쉽지 않은 점이 있음을 서론부분에 썼다.

서론을 쓰고 나서, 볼 일을 보고 본론은 나중에 써도 된다. 자주 나는 새벽에 서론을 쓰고 나서 아침 먹을 밥을 한다. 쌀을 씻고, 전기밥솥에 씻은 쌀 솥에 넣었다. 그렇게 5분 이상 소요를 했다. 그리고 다시 책상에 앉았다. 서론-본론-결론 구조에 맞추어 쓴다고 생각할 경우, 쓰는 중간에 다른 일을 했다가 다시 돌아와도 글의 흐름에 문제가 생기지 않는다. 왜냐하면 서론-본론-결론의 구분이 명확하기 때문이다. 각각 쓰는 나만의 방식이 있기 때문에 중간에 다른 일을 해도 글이 흐트러지지가 않는다. 단, 서론을 마무리 하지 않고 다른 일을 하는 것은 지양할 부분이다. 본론이나 결론도 마무리하지 않고 다른 일을 하지 마라, 아무리 급한 일이라도 서론-본론-결론, 각각 마무리하고 볼일을 보는 것은 크게 문제가 되지 않는다. 오히려 서론 쓰고 자리를 떠서 다른 일을 하는 것은, 다음 쓸 본론에 대해 잠시 생각하는 시간을 갖는 것이 된다. 각 영역, 즉 서론-본론-결론에 있어서 쓰는 방법에 대해 계속 반복해서 연구하고 체화하도록 노력하는 것이 필요하다.

서론-본론-결론 쓰는 구체적인 방법은 다음과 같다. 먼저 서론 쓰는 방법에 대해서 알아보겠다. 서론 쓰는 방법은 문단의 개수에 따라 3가지로 나눌 수 있다.

첫째는 서론을 한 문단으로 만드는 것이다.

보통 한 문단 쓰는 방법을 참고로 하면 된다. 한 문단을 쓸 때 보통 다음의 방식을 주로 따른다. 문단은 두괄식으로 쓴다. 핵심이나 내가 하고 싶은 말을 첫 문장에 넣는다. 두괄식은 어느 곳에서나 자주 사용하고, 또 그렇게 써야지 상대방한테 분명하게 의사소통을 할 수 있다. 말을 할 때도 마찬가지이다. 서두가 길고 제일 끝에 내가 하고 싶은 말이나 핵심을 넣는다면 대부분의 사람이 말이 끝나기 전에 고개를 돌릴 수 있다. 요지를 끝까지 들을 여유가 없는 것이다. 이것은 글쓰기나 말하기나 같은 것이다. 그래서 핵심내용을 앞에 쓴다. 내가 하고 싶은 말을 제일 첫 문장으로 쓴다. 그리고 자신의 의견이나 주장, 메시지를 말할 때는 그 이유에 대한 언급을 한다. 나는 이런 이유 때문에 이렇게 말한다, 이렇게 쓴다, 라는 흐름이 맞아 떨어져야 한다. 그래서 2번째 문장으로 내가 그렇게 주장하는 이유를 적는다. 그 다음이 그 이유에 대한 근거를 적어 준다. 어떤 책에서 봤다거나, 내가 들었다거나, 아님 내가 직접 경험했다거나 어떤 경로를 통해서 나는 그런 생각과 주장을 하게 되었는지 그것을 문장으로 표현한다. 근거 문장은 2개도, 3개도 될 수 있다. 이유도 여러 개가 될 수 있다. 단, 한 문단에 핵심은 하나여야 한다. 마지막 문장은 내가 말하는 주장이나 메시지, 핵심을 다시 한 번 강조해준다. 이렇게 쓰면 이것이 한 문단이 되겠다.

둘째, 서론을 2문단으로 만드는 방법이다.

처음 문단의 핵심을 무엇으로 잡느냐에 따라 내용이 결정된다. 서론의 첫 문단에는 꼭지제목의 핵심키워드에 대한 일반적인 현상, 사회분위기, 자신의 소소한 일화 등을 적어준다. 그리고 2번째 문단에서는 앞의 문단의 사례 의미를 넣으면서 그것을 자신의 주장과 메시지와 연결한다. 자신의 주장과 메시지가 이 꼭지 전체를 이끌어 갈 것이다. 서론에서 핵심메시지가 암시되어야 독자는 '아~ 본론에 어떤 내용이 나오겠구나.' 라고 대략 예상하고 편안하게 글을 읽을 수 있다. 꼭지 글에 대한 사전 지식이 없다면 처음부터 헷갈리게 된다. 그렇기 때문에 서론의 2번째 문단에서 자신의 주장과 메시지 즉, 핵심메시지를 알려주어야 한다.

셋째, 서론을 3문단으로 만드는 방법이다.

서론 안에서 다시 서론-본론-결론을 쓴다고 생각하면 된다. 서론에는 내가 말하고 싶은 주장이나 메시지를 넣어주고 본론에는 그것에 대해 이유나 근거, 등 자세한 설명이나 사례를 언급하고 마지막 결론부분은 그래서 나는 이 꼭지 글에서 이런 글을 쓰겠다는 자신의 주장이나 메시지를 넣어준다.

본론 쓰는 방법에 대해서 구체적으로 알아보겠다.

본론은 서론에 이어서 쓰는 글이다. 서론의 주장, 메시지에 따라 본론에서 그것에 대한 이유, 사례, 근거를 제시하면서 구성한다. 예를 들어 나는 "필리핀 세부가 좋다" 이런 주장을 했다면, 본론에 넣어야 할 것들은 내가 그렇게 생각하는 이유와 내가 세부를 좋아하는 직접적인 일화나 사례들을 넣으면 된다. 이유는 한 두 가지정도 넣고, 체험한 일화도 2가지나 3가지 정도 넣으면 독자입장에서 나의 주장을 이해하게 되고 받아들이기 쉬워진다. 한 가지 이유와 한 가지 일화는 좀 밋밋하고 조금 부족한 감이 있다. 그래서 2, 3가지를 넣으라고 이야기한다. 그리고 체험한 일화나 기타, 다른 사람의 일화, 또는 사례들을 넣고 난 다음, 그 문단에 이어 그것에 대한 의미를 한 문단으로 간단히 적어준다. 그래야 독자가 더욱 잘 이해하게 된다.

결론은 그 글의 총 마무리이다. 내가 주장하는 메시지를 서론과 비슷한 의미의 다른 표현으로 다시 한 번 더 강조한다. 독자들이 특별한 다짐과 함께 어떤 행동을 시작하는 도화선이 되게끔 하는 문단이다. 결론을 통해서 글에 대한 감동이 오랫동안 남을 수 있다. 건설적인 행동을 유발하는 화룡점정의 문단이 될 수 있도록 작성하면 되겠다.

서론의 설명이 길었다. 이유는 서론 쓰기가 가장 어렵게 느껴지기 때문이다. 어떤 결과물은 시작이 있었기 때문에 가능하다. 그것처럼 글도 서론이 있어야 시작된다. 처음 쓰는 그 부분이 계속 어렵게 느껴진다면 글쓰기도 어려워진다. 나 또한, 서론이 글의 방향을 결정하기 때문에 좀 더 조심스럽고 선뜻 쓰기를 시작하지 못한다. 그래서 나는 이 서론을 패턴 화하는 것이 중요하다고 말하고 싶다. 앞의 설명한 방식대로 생각하고 서론을 쓰는 연습을 해보자.

모든 글에 서론-본론-결론을 적용시켜라. 특히, 긴 글일수록 서론-본론-결론을 적용시키면 쓰기가 수월해진다. 신나게 쓰기 시작하다가 A4 1장도 채우기 전에 무엇을 쓸지 몰라 방황하고, 그때서야 다시 고민하는 경우가 있다. 이런 상황에서 다시 길을 찾기는 쉽지 않다. 그러므로 먼저 서론-본론-결론에 무엇을 쓸지 고민하고 간단히 메모하고 쓰면 이런 상황은 피할 수 있다. 서론은 내가 말하고 싶은 주장이나 메시지를 적는 것이고 본론은 나의 주장과 메시지를 뒷받침 할 사례들을 2, 3가지 찾아와서 풀어준다. 그리고 마지막 결론에서는 나의 주장과 메시지를 다시 한 번 강조 해준다는 개념으로 글을 쓴다면 자신의 의지에 따라 얼마든지 긴 글도 쓸 수 있으며, 자신의 주장을 논리적으로 설득도 하게 된다. 항상 서론-본론-결론 형식을 연습해라. 그리고 이것을 활용해서 말하듯이 편안하게 글쓰기도 할 수 있기를 바란다.

간단하게라도 개요부터 쓰라

집을 지을 때 설계도를 먼저 그린다. 설계도가 있어야 원하는 대로 집을 잘 지을 수 있기 때문이다. 설계도 없이 생각날 때마다 지을 수도 있겠지만 즉석에서 급조한 생각이기에 전체적으로 조화롭게 지을 수 있다고 장담할 수 없다. 어느 한 부분만 잘 지었다고 해서 멋진 집이 되는 것은 아니다. 오히려 생뚱맞은 부분이 생길 수 있다. 한 부분만 과장되고 호화롭게 만들어져 뭔가 부조화로운 집이 될 수 있다. 내가 지으려고 하는 집을 제대로 완성하기 위해서는 처음부터 설계도를 그리고 시작하는 것이 맞다.

글쓰기에서 집의 설계도와 같은 역할을 하는 것이 개요이다. 개요쓰기, 글을 쓸 때 이것을 먼저 하면 쓸 때 편하다. 처음에는 개요를 쓴다는 자체가 번거롭고 불편하다. 하지만 개요를 쓸 때, 일관되게 글을 쓰면서 긴 글의 분량을 채우기 쉽다. 누군가는 나에게 다음과 같이 질문했다.

"개요쓰기가 더 어려워요."

"이거 안하면 안 될까요?"

그러면 나는 "하세요.", 라고 힘주어 대답한다. 될 수 있으면 개요쓰기는 해야 한다. 개요쓰기를 먼저 할 때와 안 할 때는 다 쓰고 난 글에 있어서도 차이가 난다. 개요를 먼저 쓰고 쓴 글은 하고 싶은 이야기가 모두 들어간 글, 정말 나의 메시지가 제대로 들어간 글이 되는 것이다. 긴 글을 완성했다는데 의의를 두지 말고 내가 하고 싶은 이야기를 제대로 쓸지를 목표로 둔다면 개요쓰기를 하라고 이야기하고 싶다. 거창하게 쓸 필요도 없다. 아주 간단하게 자신만의 방식으로 메모한다는 개념으로 개요를 쓰면 된다. 글쓰기 초보자일수록 개요쓰기가 도움이 된다. 베테랑이라면 번거로운 과정일 뿐일 수도 있지만 스스로 글쓰기 초보라고 생각한다면 꼭 쓰라고 권하고 싶다.

솔직히 나는 시인하고 싶다. 나의 인생 첫 책 《하루 한권 독서법》 초고를 쓸 때 개요를 쓰지 않았다. 개요를 쓰라는 이야기를 누구로부터 듣지 못했다. 배운 대로 하게 되는 것이 인간이다. 특히 처음으로 배우는 영역이라면 될 수 있으면 먼저 간 사람의 조언대로만 하려고 한다. 처음으로 책을 만들기 위해 초고를 쓰다 보니, 모든 것이 쉽지 않았다. 오랜 세월 살았지만 책 쓰기는 인생 처음해보는 것들이다. 제목 짓기, 목차 만들기, 한 꼭지 쓰기 모든 것이 낯설고 생소하다. 이런 것들 중 가장 힘들고 익숙지 않은 것이 1꼭지를 쓰는 것이다. 1꼭지는 A4 2장에서 2장 반 분량의 글이다. 이것을 다 채워야 한다. 화면 위에 깜빡이는 커서를 보면서 무슨 말을 어떻게 써야 할지 깜깜하다. 멍석이 깔아졌지만 그 멍석이 너무나 부담스러워지는 것이다. 평생 처음 써보는 첫 꼭지는 2박 3일이 더 걸렸다. 와! A42장 쓰는데 2박 3일이라니, 그래도 장하다 써냈으니, 내가 첫 꼭지 쓸 때는 그랬다. 꼭지를 쓰면서 단련이 되어야 하지만 단련되는 속도는 느리다. 만약 첫 꼭지 쓸 때, 개요쓰기를 했다면 어땠을까 나는 궁금 점이 생긴다.

나는 시간이 지날수록 꼭지쓰기가 쉬워지기는커녕 어려워져 아는 작가한 테 넌지시 물어보았다. 그 작가는 빠른 속도로 초고를 써내려갔던 작가였다. 신기하기도 하고 부럽기도 해서 지나가는 소리로 물어보았다. 다행히 대학교 친구이기도 하고 해서 나는 넌지시 말했다.

"꼭지 글 쓰는 비법이라도 있어?"

"응, 나는 마인드맵을 글쓰기 전 만들어."

"마인드맵이라고?"

마인드맵이 곧 개요쓰기였다. 마인드맵을 기억하는 사람이 많을 것이다. 만약 자신이 어떤 목표가 있을 경우 종이의 중간부분에 자신의 목표를 적고, 그것을 이루기 위해서 해야 할 항목들을 나무 가지처럼 선을 그어서 만들어 보는 것이다. 예를 들어 "나는 새벽5시에 일어난다. 라는 목표라면 이것을 달성하기 위해서 다음과 같이 정한다. 첫째는 알람을 설정해둔다. 둘째는 전 날 회식을 자제한다. 셋째는 전날 10시 전에 취침한다. 이렇게 항목을 브레인스토밍으로 적어나가는 것이다. 그리고 그 중에 한, 두 개를 자신의 실천 항목으로 정해서 생활에 실천하면서 목표를 달성하는 것이다. 그렇게 마인드맵이 목표 달성하는데 요긴한 도구가 된다. 그런 것처럼 개요쓰기도 써야할 항목, 즉 글감을 브레인스토밍으로 정하고 그것을 차례로 쓰다보면 A4 2장을 좀 더 쉽게 채우게 된다. 개요쓰기가 마인드맵처럼 글쓰기에 있어서 요긴한 도구가 되는 것이다.

개요쓰기를 해야 하는 이유에 대해서 한 번 더 생각해보자. 개요쓰기를 해야 하는 직접적인 이유는 내가 하고 싶은 말들을 빠뜨리지 않고 쓰기 위해서

라고 할 수 있다. 그냥 글을 쓰다 보면 한 가지 내용에 너무 심취해서 다른 내용을 못 쓰는 경우가 있다. 예를 들어 과거에 힘들었던 나의 이야기를 사례로 가져와서 쓴다고 가정해보자. 쓰다 보니, 그 때의 감정들이 되살아나서 그것들에 대해 계속 쓰게 된다. 쓰다보면 조화롭지 못한 글이 된다. 서론만 길게 쓴다거나 본론이 너무 길어져서 결론을 조금 쓴다거나 이런 상황이 된다. 고르게 조화롭게 뺄 것은 빼고 넣을 것은 넣기 위해서 미리 개요쓰기로 써야 할 항목을 정하고 구조를 잡는 것이다. 또 다른 이유는 과거 힘든 경험을 이야기를 쓰면서 너무나 차고 넘치게 쓰는 경우도 있지만 그 반대일 경우도 있다. 무슨이야기를 어떻게 써야할지 모르는 경우, 이럴 경우에도 개요쓰기는 도움이 된다. 여러 개의 글감들을 미리 찾아서 그것을 나열하면서 쓴다는 생각을 가진다면 분량을 거뜬히 채우면서 지루하지 않고 재미있는 글을 쓸 수 있을 것이다.

　개요 쓰는 방법은 특별하지 않다. 아주 간단히 써도 도움이 많이 된다. 내가 사용하는 방법은 우선 서론-본론-결론으로 나누어서 메모한다. 각 파트에서 어떤 내용, 사례를 쓸 것인지 미리 정한다. 나만의 비법은 본론을 먼저 정한다는 것이다. 본론에 꼭지제목의 키워드와 관련된 나의 메시지를 먼저 찾는다. 즉, 키워드와 관련해서 내가 가장 하고 싶은 말, 메시지를 메모한다. 예를 들어, 현재 챕터의 꼭지 제목이 "03 간단하게라도 개요부터 쓰라"이다. 여기에서 핵심 키워드는 개요쓰기이다. 본론에 꼭 넣고 싶은 말은 개요쓰기에 대한 나의 경험과 개요쓰기를 해야 하는 이유, 개요쓰기 하는 방법을 넣어야 된다고 정했다. 본론이 정해졌으면 다음으로 서론에 들어갈 말을 정한다. 서론에는 본론에 쓸 내용을 암시하는 메시지를 꼭 넣어야 한다. 그렇게 한 문단이 될 수도 있고, 2문단, 3문단까지 서론을 만들 수 있다. 그리고 결론에 대한 마무리를 간단히 내가 하고 싶은 메시지를 다시 강조하는 한 문장을 메모한다.

개요쓰기는 글을 쉽게 쓰기 위한 도구이다. 사용안하는 것보다 사용하는 것이 여러 가지로 이점이 많다. 나도 첫 책을 쓸 때는 몰라서 사용을 못했지만, 알고 난 이후에는 글쓰기 전 간단히 개요를 적고 시작한다. 글 쓰는 데 편한 방법이 있는데 사용하지 않을 이유가 없는 것이다. 글쓰기 하는데 두려움을 가지고 있는 사람들이 많다. 어떻게 A4 2장씩이나 쓸 수 있을까? 두려움마음에 무작정 서둘러서 써보기도 하지만 역시나 1장을 채우면 그 뒤는 더 이상 앞으로 나가기 어려운 상황이 된다. 모든 것이 개요가 없어서이다. 개요만 있다면 중간에 막히더라도, 그 문단을 마무리하고 개요의 다른 부분으로 문단을 시작할 수 있다. 글도 편하고 쉽게 써야 한다. 그러기 위해서 개요쓰기는 필수라는 점 기억하고 꼭 실천하기 바란다.

단문 위주로 쓰되 장문도 써야 한다

'단문으로 쓰기'

'책 쓰기'주제의 책을 읽다보면 공통적으로 나오는 부분이 단문쓰기이다. 단문으로 써라. 절대 길게 쓰지 마라, 이런 내용이 많다. 그래서 무조건 단문으로 써야 하는 것이 맞구나, 하고 생각할 수 있지만 그 동안 글을 써본 나로서는 그것이 꼭 맞지는 않다는 점을 이야기하고 싶다. 말을 할 때를 생각해보자. 말을 할 때 짧게만 이야기할 수 있는가? 불가능하다. 말 배우는 어린아이가 아닌이상 초등학생만 되어도 길게 자신의 마음을 이야기한다. 길게 이야기하는 것이 후련하게 자신을 표현할 수 있고, 때론 그것이 자연스럽고 편하기 때문이다. 물론 글은 지면위에 써 내려간다는 점에서 다르겠지만 말과 글이 인간의마음을 표현하는 하나의 도구라는 점에서는 같기 때문에 글도 때론 이렇게 써야 하는 것이 자연스럽다는 것을 직감적으로 알 수 있다.

글을 단문으로만 쓴다면 쓰는 사람도 읽는 사람도 어색한 기분을 가지게 된다. 글을 쓸 때는 편안하게 쓸 수 있어야 한다. 글 쓸 때의 마음이 고스란히 글에 담긴다. 화가 났을 때 쓴 글은 왠지 화가 난 분위기를 느낄 수 있다. 우울한 글이나 부정적인 글을 읽으면 읽는 사람도 우울해지고 부정적인 마음이 전이된다. 오로지 단문으로만 써야 한다는 강박관념을 가지고 글을 써다보면 손발이 묶여 달리기하는 기분이 될 수도 있다. 자유롭지 못하다는 의미이다. 자연스러운 표현은 단문도 쓰고 장문도 쓰는 것이다. 단문도 되었다가 장문도 되었다가 하는 글이 읽는 사람이 부담 없이 읽고 이해도 잘 되는 글이 된다.

《하루 한 권 독서법》, 내 인생 첫 책을 쓸 때 나는 단문으로 쓰라는 조언을 들었다. 나는 그것을 곧이곧대로 받아들였다. 무조건 단문만을 써야 한다는 의미로 받아들인 것이다. 만약 아이에게 무엇인가를 가르칠 때는 세세한 부분까지 구체적으로 알려주어야 한다. 아이들은 경험이 적기 때문에 그렇게 하지 않으면 만약에 발생하는 상황에서 가르쳐 준 한 가지만으로 행동할 수 있다. 책 쓰기 분야에서 나는 아이와 같았다. '될 수 있으면 단문 위주로 써라' 라고 '될 수 있으면' 이란 말도 함께 들었다면, 첫 책 쓰기 할 때 단문만 고집하지 않았을 것이란 생각이 든다. 하지만 이것은 누구를 탓할 것이 아니다. 내가 글쓰기에 대해서 너무나 몰랐기 때문에 발생한 에피소드라고 할 수 있다.

첫 원고를 쓸 때 나는 단문으로 쓰는 것이 어려웠다. 짧은 문장으로 쓰는 것이 오히려 쉬울 것 같은데 아니었다. 말하듯이 자꾸 긴 문장으로 쓰게 되었다. 어떻게 하면 짧은 문장으로 쓸 수 있을까 고민을 했다. 그래서 생각한 것이 말하는 것부터 짧게 말하자, 이었다. 쓰면서 자기도 모르게 마음속으로 말하면서 쓰게 된다. 소리만 안 날뿐이다. 말하는 것이 결국 쓰는 것이 된다. 그래서 말하기 연습을 해보았다. 짧게 말하기, 짧게 잘라서 말하고 이어서 다시 짧게 말하고, 이것을 연습했다. 말과 글은 동전의 양면처럼 항상 함께 한다는 말이 맞다. 말하기를 짧게 하다 보니 쓰는 것도 같은 마인드로 조금씩 짧게 쓰게 되었다.

글을 단문으로 짧게만 썼는데 자연스럽지 않고 재미가 없었다. 처음에는 단문으로 짧게 쓰는 것을 할 수 있게 되어 좋았다. 짧게 써니 오히려 쓸 말도 많아지고, 1꼭지 채우는 것도 쉬워졌다. 하지만 다 쓰고 난 후 읽어보았을 때 너무 부자연스럽고 단조로웠다. 그리고 아이들이 이야기하는 것처럼 조금 집중하려고 하면 딱 끊기고 하는 느낌이 있어, 집중력이 떨어진다고 할까? 단문 위주로 쓴 글이기에 그런 단점이 있었다. 그래도 나는 들은 대로 단문위주로만 계속 썼다. 주로 단문으로만 쓸 경우 이런 단점이 있다는 것을 느꼈다면 융통성 있게 변화를 좀 주어야 했는데, 나는 배운 대로 하는 것이 잘하는 것이란 생각으로 조금 딱딱하고 불편하다는 느낌이 있었지만 계속 그렇게 써내려갔다.

책 쓰기를 같이 하던 다른 작가님에게 나는 피드백을 받았다. 그 작가님은 지방 중학교의 국어선생님이다. 그 작가님은 아이들 글을 많이 보고 피드백도 많이 주었다. 그래서 부탁을 드렸다. 흔쾌히 승낙을 받고 나는 글을 메일로 보냈다. 그리고 피드백을 받았다. 역시나 의식적으로 단문으로만 채웠던 나의 글을 지적했다.

"너무 딱딱 끊어지는 느낌이 있어. 너무 짧게만 쓰지 말고 길게도 썼으면 좋겠어."

그 작가님도 글에 있어서는 많은 경험을 가지고 있는 전문가이다. 대학 때부터 국어 전공을 하였고, 지금도 그와 관련된 직업인 국어교사를 하고 있다. 그 작가의 피드백이 내가 한편으로 느낀 부분을 이야기해주었다. 그렇구나,

나는 "단문으로 써라"라는 그 말을 액면 그대로만 받아들였는데, 그 말뜻은 단문위주로 쓰되 장문도 써라, 라는 그런 의미였구나, 라고 나중에 제대로 이해하게 되었다.

핵심문장은 짧게 써라. 핵심문장은 짧게 쓰고 핵심문장을 뒷받침하는 문장들을 길게 쓰면 된다. 짧게 쓸수록 강하다. 짧게 말하는 것이 강한 느낌을 주듯이 글도 마찬가지이다. 짧은 문장 하나가 간결하면서 명확하게 머리를 치고 들어온다. 문단은 최근 주로 두괄식으로 씀을 원칙으로 하는데, 두괄식은 첫 문장에서 핵심을 쓴다. 그렇기 때문에 문단의 첫 문장을 짧게 쓰면 된다. 그리고 그 다음 문장은 그것보다 조금씩 길게 쓰는 것으로 하다가 문단의 마지막에서 한 번 더 핵심을 강조하는 문장을 쓸 때 또 한 번 짧은 단문으로 쓰는 방식으로 하면 된다.

첫 원고를 쓸 때, 나는 한 문단의 모든 문장을 단문으로 채우려는 실수를 했었다. 모든 문장을 단문으로 한다면 재미없는 문단이 된다. 성인 같은 경우에는 이해도도 떨어진다. 모든 글은 문단에서부터 시작이라고 말할 수 있다. 문단은 자신의 생각이나 메시지에 대해 근거를 들어가면서 설명할 수 있는 최소 단위가 되기 때문이다. 한 문단에서 봤을 때, 핵심문장에 대한 근거 사례를 나열할 때는 긴 문장으로 써야한다. 그것이 자연스럽다. 우리가 말을 할 때 중요한 부분은 짧게 말하고 왜 그렇게 생각하는지, 그 이유나 사례를 설명할 때는 구구절절 길게 설명하고 길게 이야기한다. 글도 그렇게 짧게만 쓰는 것이 아니라 길게 써야 할 부분은 길게 써야 하는 것이다.

단문과 장문을 조화롭게 써야 한다. 단문만 쓰면 부자연스럽고 이해도가 떨어진다. 단문만 써서 글이 자연스럽게 완성되기 어렵다. 단문위주로 쓰되 장문을 반드시 써야 한다는 표현이 맞을 것이다. 짧게도 길게도 쓰면서 글은 재미있어 진다. 노래에도 장단이 있듯이 글에도 장단이 있도록 그렇게 쓰는 것이 자연스러운 말처럼 느껴진다. 내가 강조하고 싶은 곳에서는 짧게 쓴다. 문단의 첫 문장을 주로 짧게 쓰면 된다. 그리고 핵심인 문장인 문단의 첫 문장을 설명하는 2번째, 3번째, 4번째 문장까지는 점점 길어져도 된다. 그리고 마지막 문장, 즉 핵심문장을 다시 한 번 더 강조하는 문장에서는 다시 짧게 쓴다. 그래야 여운이 남으면서 내가 강조하고자 하는 말이 임팩트있게 전달된다. 긴 글의 기본 단위인 문단에서 문장의 강약의 조화, 단문과 장문의 조화가 중요하다고 볼 수 있다. 단문만 쓰지 말고 장문도 써야한다는 점, 기억하자.

한 문장을 쓸 때는 길어도 두 줄을 넘기지 마라

아이들이 읽는 책은 짧게 쓰여 있다. 아이들이기에 쉽게 읽히도록 하기 위해서이다. 한 개의 주어, 한 개의 서술어로 쓰인 문장들은 볼 때도 부담이 전혀 느껴지지 않는다. 나는 저녁마다 될 수 있으면 최대한 읽어주려고 한다. 아직 초등학교 저학년인 아이들은 글씨도 알고 책도 읽을 줄 알지만 엄마가 읽어주는 것을 좋아한다. 어느 책에 보니, 아이들이 나이가 많더라도 아이가 원할 때까지 읽어주는 것이 좋다고 했다. 엄마의 독서가 좋은 기억을 안겨다 주기 때문에 독서에 대한 좋은 느낌을 가지게 하고 독서를 좋아하게 하기 때문일 것이다. 사실 피곤할 때도 많다. 그냥 혼자서 읽게 하고 싶은 유혹이 있다. 하지만 잠시 나의 피로감을 억누르고 아이들과 누어서 책을 읽다보면 읽은 책의 내용으로 나 또한 감동을 받을 때가 많다. 최근에는《파브르의 곤충기》라는 책을 읽어주고 있다.

《파브르의 곤충기》어른인 나도 이때까지 읽지 못한 책이다. 왜냐하면 너무 어렵게 느껴졌고 곤충이라는 주제가 나의 관심사가 아니었기 때문이다. 읽을 책도 많은데, 특별히 흥미가 유발되지 않는 주제의 책까지 억지로 읽고 싶은 생각이 없었다. 그래서 그냥 "패스"하고 살았다. 이런 이유들로 패스한 것들이 알고 보니 유명한 책, 고전이나 명저들이 많다. 관심이 없다는 이유와 함께 결국 이것들은 문장이 너무 길거나 너무 어렵다는 공통점이 있다. 어려운 책은 아이나 어른이나 가까이하기 힘들다고 느낀다. 인간이라면 조금 더 쉬운 길을 가고 싶어 하는 본성이 있어 책을 고를 때도 적용된다. 그래서 《파브르의 곤충기》 또한 제목만으로도 끌리지 않았고, 왠지 유명한 책이라 어려운 문장으로 도배가 되어있을 것 같은 추측으로 읽을 생각조차 하지 않았다.

하지만 아이를 대상으로 쓴 《파브르의 곤충기》는 짧은 문장들로 쓰여 있었고 재미까지 있었다. 최대한 쉽게 쓰기 위해 짧은 문장으로 썼을 것이다. 짧은 문장이니까 읽기도 쉽고 아이들도 이해하기 쉽다. 이해하기 쉬우니까 재미도 느낀다. 나 또한 아이들에게 읽어주면서 아~!! 이 책이 이런 부분까지 다루고 있으니 유명한 책이 되었구나, 하는 것을 느꼈다. 《파브르 곤충기》에서 미세한 곤충들에 대한 자세한 관찰들이 나온다. 예를 들어 쇠똥구리라면 쇠똥구리가 집을 어떻게 지으며, 주로 먹는 똥이 어떤 똥이고, 애벌레에게는 특별히 부드러운 '양'의 똥을 먹인다는 것, 그래서 '양'이 많은 주변에 쇠똥구리가 많다는 이야기들이 실려 있다. 정말 딴 세계이다. 아이들에게 이런 세세한 내용까지 책으로 알려줄 수 있다는 것이 감사한 일이다, 라는 생각까지 들었다. 좋은 내용을 길지 않은 문장으로 썼기 때문에 아이도 이해하고 아이에게 읽어 주는 어른 또한 재미있게 읽을 수 있었다.

이것을 보면서 아무리 어려운 내용이라도 너무 길지 않은 문장으로 쓴다면 재미있는 책이 된다는 것을 알 수 있다. 단문위주로 쓴다면 어른에게 어려운 책도 아이에게 재미있고 호기심이 유발되는 책이 될 수 있는 것이다. 2줄, 3줄 이상 길게 쓴 책은 아이는 물론 어른에게도 외면당할 수 있다.

　말이 많은 사람들은 말실수를 한다고 한다. 천성적으로 말이 많은 사람도 있겠지만 사회생활을 통해서 필요에 의해 성향이 그렇게 바뀐 사람도 있다. 하지만 꼭 말이 많다고 해서 좋은 것은 아니다. 말이 많다는 것은 비 핵심적인 이야기를 많이 하게 되고, 그런 분위기를 타다보면 정작 중요한 핵심부분을 빼고 말할 수 있다. 또 말을 많이 하다 보니, 짧게 끊어서 말하기보다, 길게 이야기 하는 경향이 있을 수 있다. 길게 이야기하면서 말도 많은 상황이 되는 것이다. 또한 말이 길다 보면 중간에 무슨 말을 하려고 했지?, 라면서 헷갈려하기도 한다. 말하는 당사자가 헷갈리니, 듣는 사람 또한 이해불가 상황이 발생한다. 이럴 때 듣는 사람에게는 인내심이 요구된다. 인내심이 없다면 그냥 포기하고 귀를 닫을 수도 있다. 만약 아이들이 두서없이 이 말했다 저 말했다, 말을 두서없이 쏟아낸다면 사랑으로 극복할 수 있겠지만 그것이 아니라면 그 이야기를 듣는 사람은 정말 곤욕이 될 것이다.

　글도 마찬가지이다. 말처럼 길게 쏟아내는 것을 최대한 지양해야한다. 최대한 짧게 잘라서 쓰는 습관이 필요하다. 이것도 습관이다. 말하는 것도 습관이고 쓰는 것도 습관이다. 길게라면 2줄 이상 쓰는 것을 말할 수 있겠는데, 아무리 길어도 한 줄 반으로 줄여서 쓰는 습관을 들이도록 하자. 처음 하는 것은 모든 것이 어색하고 불편하다. 좋은 것들일지라도 마찬가지이다. 몸에 적응하는 시간이 필요한 것이다. 하지만 적응해야 할 이유를 분명히 가지고 습관들이기 위해 매일 조금씩 하다보면 오랜 시간이 걸리지 않는다.

　글을 쓸 때 한 문장이 2줄을 넘기지 않게 쓰라. 2줄을 넘기면 눈의 피로감이 커지고 마음도 분주해진다. 그리고 뭔가 명확하지 않다. 읽고 또 한 번 읽게 하는 상황도 만든다. 읽다가 다시 돌아가서 읽는 것은 별로 기분이 좋지 않다. 왜냐하면 스스로 내가 이해박약인가?, 라는 자책을 은연중에 하기 때문이다. 사람은 때론 별거 아닌 것에 예민하다. 내 책을 읽는 귀한 사람에게 이런 자책감을 안겨다 줄 필요는 없다. 될 수 있으면 한 번 읽었을 때 나의 의도가 그대로 전달될 수 있도록 하는 노력이 쓰는 사람에겐 필요하다. 그 노력 중 아주 쉽다면 쉬울 수 있는 노력이 문장 길게 쓰지 않고, 2줄을 넘기지 않는 것이다.

2줄을 넘기지 말고 써야 하는 이유는 명확하다고 할 수 있다. 그 이유를 몇 가지로 설명하고자 한다.

일단 최대 한 줄 반의 문장이 읽기에 편하다. 읽기에 편하지 않은 글은 꼭 읽어야 할 목적이 없다면 안 읽게 된다. 요즘 세상에 볼 것도 많고 재미있는 것도 많은데 처음부터 편안한 마음을 주지 않는 글을 인내하면서 읽을 사람이 얼마나 되겠는가? 나는 꼭 그 사람의 인내심을 테스트하고 싶어, 라고 하면서 2줄 이상 쓰기를 고집할 사람도 없을 것이다.

두 번째는 쓰는 사람의 입장에서 짧게 쓰는 것만큼 자신의 의사를 분명히 전달할 수 있는 방법도 없다. 글 쓰는 사람의 최고의 바람은 나의 의도를 그 사람이 가감 없이 그대로 이해해 주고 받아들여주는 것이다. 그것의 최고의 방법이 무조건 짧게 쓰는 것이라 할 수 있다. 길게 써서 쓸데없는 오해의 단어들이 들어갈 수 있고, 결국 글 전체에서 나의 의도와 상관없는 것들을 전달하게 되는 것이다.

세 번째는 너무 길면 사람들이 잘 안 읽는다. 법조문을 봤는가? 가끔 인터넷 뉴스에 세간의 관심사건에 대한 판결문이 가끔씩 올라온다. 읽다가도 뭔 이야기야!, 라고 하면서 다시 읽게 된다. 기분이 안 좋은 상황에서는 "무슨 말 장난 이야."라는 마음이 들 때도 있다. 정말 어렵다. 그 이유가 너무 길다는 것이다. 문장이 길어서 주어가 무엇이고 서술어가 어디에 있는지 숨은그림찾기이다. 그 사건에 지대한 관심이 있다거나, 사건과 관련해서 이해관계에 있는 사람 외에는 판결문을 안 보게 될 것이다. 판결문이 아닌 일반 글도 마찬가지일 것이다.

한 문장 길어도 2줄은 넘기지 마라. 쓰기도 어렵고 읽기도 쉽지 않다. 길게 말하듯이 글도 그렇게 길게, 2줄 넘겨서 길게 쓰는 것은 어렵다. 쓰다보면 쓰면서 글이 꼬이기도 한다. 길게 쓰는 경우는 단지 습관이 주원인인데, 잘못된 습관이다. 습관을 바꾸어 한 문장쓰기 1줄 이내, 2줄 이내로 한다면 쉽게 선명한 의미로 문장을 쓸 수 있다. 또한 2줄을 넘기면 읽는 입장에서 한 눈에 문장 전체가 안 들어온다. 일단은 전체를 보면서 읽는 것과 그냥 읽는 것은 차이가 있다. 읽는 것이 짧을 수록 쉽고 의미전달이 잘 된다는 것은 말할 필요가 없겠다. 글을 쉽게 쓰는 가장 기본이 되는 것이 짧게 쓰는 것이다. 2줄 이상 길게 쓰면 쓸수록 글 쓰는 것이 점점 힘이 든다. 시간이 지날수록 쉬워지는 것이 글쓰기인데, 길게 쓰는 습관을 고치지 못한다면 시간이 지나도 자신감은 붙지 않을 것이다. 문장은 길어도 무조건 2줄 이내로 쓴다, 라는 좌우명으로 글쓰기 자세를 바로 잡아 보자.

한 문단 쓰는 기술을 익혀라

한 문단 쓰는 것이 글 쓰는데 있어서 기본이다. 글이란 것이 1문단, 1문단이 모여 완성되기 때문이다. 문단 쓰기, 물론 생각나는 대로 자기 식으로 적어도 된다. 그리고 엔터키를 누르면 그것이 한 문단이 된다. 하지만 모양만 갖추었다고 그것이 문단이라고 말할 수는 없다. 한 문단을 쓰는데 기본적인 룰이 있고 그것을 알지 못한다면 시간이 흘러도 문단쓰기에 대해 자신감이 생기지 않는다.

처음 글을 쓸 때 나는 문단쓰기에 대해 깊이 생각하지도 알지도 못했다. 나는 한 문단 쓰는 방법에 대해서는 듣지를 못했다. 그것이 안타깝다. A4 2장 쓰기보다 한 문단 쓰기가 어떤 면에서 더 우선시 되어야 하고, 더 중요한 부분이라고 말할 수 있다.

여러 개의 원고를 쓰고 나서 나는 한 문단쓰기의 중요성을 깨달았다. 글 쓰는 데 있어 한 문단 쓰기를 숙달하는 것이 무엇보다 중요하다는 생각을 하게 되었다. 한 문단 쓰기가 탄탄하게 기본으로 다져져 있다면 긴 글도 무난히 쓸 수 있다고 나는 장담한다. 한 문단쓰기에도 자신이 없는데, 어떻게 A4 1장, 2장을 쓸 수 있겠는가? 그래서 내가 사람들에게 글 쓰는 것을 가르친다면, 한 문단 쓰기에 많은 시간을 투자해서 그것에 익숙하도록 하겠다. 한 문단쓰기가 글 쉽게 쓰는 방법의 기본이면서 핵심이 되기 때문이다.

등잔 밑이 어둡다는 말이 있다. 물건을 찾는데 가장 밝은 등장 밑은 그냥 넘긴다. 그리고 딴 곳을 열심히 찾는다. 사람들이 가끔 이렇게 실수를 한다. 무엇이 가장 중요한지를 착각할 때가 있는 것이다.

한 문단쓰기를 중하게 여기지 않았다는 것은 등잔 밑이 어두웠던 사례라고 생각한다. 한 문단쓰기를 직접 가르쳐 주는 곳은 많지 않았다. 왜냐하면 한 문단쓰기는 누구나 그냥 알고 있다고 생각하기 때문이다. 어떤 근거로 한 문단쓰기 정도는 다 알고 있다는 분위기가 조성되었는지 잘 모르겠다. 내가 글쓰기 처음 할 때도 아마 이런 이유로 문단쓰기 조언에 대해 건너뛰었을 수도 있다. 하지만 분명히 말하고 싶은 것은 한 문단쓰기, 이것도 연습이 필요한 아주 중요하면서 기본적인 글쓰기의 부분이라는 것이다.

《하루 한권 독서법》원고를 쓸 때 나는 다른 작가의 조언대로 7가지 단락을 만들면서 A4 2장을 썼다. 보통 A4 2장 쓸 때 7단락 정도 생각하고 쓰면 된다고 듣고 또한 나도 그렇게 생각했다. 여기에서 단락은 문단이다. 서론은 한 문단, 본론은 사례 2개에 사례하나당 2문단씩 해서 총 4문단, 그리고 결론으로 가는 문단 하나, 그리고 마지막 결론문단해서 총 7문단이 된다. 피드백대로 7문단 만들기에 초점을 두고 써내려갔다. 하지만 쉽지 않았다. 문단 쓰는 방법에 대한 것의 인지가 없으니, 시간이 지나도 처음 쓰는 듯 익숙해지지 않았다.

지금 돌이켜 보니, 문단 쓰는 방법부터 알고 A4 2장을 썼어야 했다. 문단쓰기가 자연스럽게 되어야 A4 2장을 쉽게 채울 수 있기 때문이다. 보통 한 문장은 우리가 배우지 않아도 주로 단문 위주로 쓴다는 것을 안다. 단문은 주어와 서술어가 한번 나오는 문장이다. 그렇게 쓰는 것이 크게 어렵지 않다. 다음으로 숙달했어야 할 문단쓰기, 한 문단 쓰기에 대한 배움과 연습이 부족했다. 한 문단 쓰는 요령을 제대로 알면 긴 글쓰기가 어느 정도 해결된다는 사실은 그때는 인지하지 못했다. 문단쓰기가 쉬워지면 A4 2장은 금방 채우게 되고 문단 쓰듯이 긴 글도 그렇게 쓰면 된다.

그럼 한 문단을 어떻게 쓰면 될까? 한 문단쓰기 사람마다 조금씩 다를 수 있지만 비슷한 패턴이 있다. 주로 글을 쓰는 이유는 자신의 메시지를 전달하기 위해서이다. 전달 후 다른 사람들에게 자신의 의도대로 어떤 긍정적인 영향을 끼치기 위한 목적으로 글을 쓴다. 어떤 글이라도 이런 목적을 기본적으로 가지고 있다. 에세이, 시, 소설, 자기계발서, 기타 등, 글의 형식은 다르지만 할 말이 있어서 글을 썼다는 부분은 같다. 할 말, 그것이 곧 자신의 메시지이다. 한 문단을 크게 4개의 문장으로 채운다고 가정하고 생각해 보겠다.

문단의 첫 문장으로 내가 말하고 싶은 메시지를 쓴다. 첫 문장에 나의 메시지를 넣는다. 내가 하고 싶은 말, 주장, 의견, 메시지이다. 두괄식이다. 핵심내용을 앞 문장에 두면 읽는 사람입장에서 다음에 어떤 내용이 나오겠구나, 라는 추측을 하게 된다. 말을 할 때도 마찬가지이다. 핵심을 먼저 말하는 것이 좋다. 그래야 상대방은 미리 예측하고 다음이야기를 들을 수 있다. 시간도 단축된다. 말하는 사람도 먼저 핵심을 이야기하고 그 핵심과 관련된 이유나 사례들을 이야기한다면 더욱 논리정연하게 말을 할 수 있다. 글 쓰는 것도 이와 같은 방법이다. 말 잘하는 사람이 하는 방식 그대로 글도 그렇게 핵심을 앞에 두고 쓰기 시작하면 쉽게 이해되고 읽기 편한 문단이 된다.

문단의 2번째 문장은 첫 문장의 이유가 들어가게 된다. 예를 들어 "나는 이번 주말에 00영화를 보러 갈 것이다", 라는 문장을 첫 문장에 썼다고 가정하

자. 그렇다면 2번째 문장으로 나올 수 있는 것은 "왜냐하면 나는 그 영화에 관심이 많았으나 바빠서 그 동안 보지 못했기 때문이다." 라고 쓸 수 있다. 첫 문장에 대한 이유를 적어준다. 이때 이유가 하나일 수도 있고, 이유가 2개, 3개일 수 있다. 이유를 여러 개를 쓴다면 문단의 길이가 길어지게 된다. 그래서 얼마든지 문단의 길이 조정도 가능하다. 꼭 중요한 이유 한 개만 적을 수도 있고, 나머지 이유까지 다 적어 문단의 길이를 늘일 수도 있다.

문단의 3번째 문장에는 그것에 대한 다양한 사례를 쓴다. 00 영화를 그 동안 보지 못한 것에 이유에 대한 다양한 근거를 적어준다. 내가 그 동안 바빴던 이유에 "회사에서 특별한 프로젝트 진행이 있어서 바빴다." 로 쓸 수 있다. 또 그 영화가 작품성이 높아서 꼭 봐야한다고 생각했다는 이유를 들었다면 그것과 관련된 사례를 넣어준다. "그 영화는 칸 영화제에서 우수한 성적을 얻었다" 라는 문장이 들어갈 수 있겠다. 이렇게 세 번째 문장은 2번째 문장에서 쓴 이유에 대한 근거 사례들을 넣는다. 여기에서도 또한 사례를 하나, 둘, 셋 개수를 조정하면서 문장의 길이를 조정할 수 있다.

마지막 4번째 문장에는 처음에 내가 말한 메시지를 다시 한 번 강조한다. " 나는 이 영화를 꼭 보고 나의 삶에 좋은 영향을 받고 싶다" 식으로 재 강조한다. 이렇게 한 문단은 4개의 문장으로 구성할 수 있다는 점, 글을 쓸 때마다 상기하면서 쓴다면 좀 더 쉽게 쓸 수 있을 것이다.

한 문단 쓰기 기술을 항상 마음에 간직해라. 한 문단쓰기의 중요성은 아무리 강조해도 부족하지 않다. 왜냐하면 긴 글의 시작은 한 문단에서부터이기 때문이다. 한 문장은 누구나 쉽게 쓸 수 있지만 한 문단 쓰기는 조금의 기술과 연습이 필요하다. 한 문단이 긴 글의 시작이라고 강조한다. 한 문단 쓰기, 메시지-이유-사례-메시지 순서에 따라 글을 쓰기 전에 반복하고 이대로 쓰는 연습을 하자. 긴 글쓰기는 한 문단 쉽게 쓰는 것에서부터라는 사실, 잊지 말자.

평소 A4 두 장 쓰기, 글쓰기의 근육을 키워라

처음부터 A4 2장 쓰기 쉽지 않다. 굳은 마음으로 한글 워드 프로그램을 열고 2장을 쓰려고 했건만 생각만큼 잘 되지 않는다. 어쩌면 한 장도 쓰기 어렵다. 처음 쓰는 글이라면 누구나 그럴 것이다. 그렇다. 하지만 조금씩 좋아질 것이란 믿음으로 써보는 용기가 필요하다. 잘 쓸 필요도 없다. 그냥 장수를 채운다는데 의의를 두고 써보자. 쓰라고 하면 많은 사람들이 잘 써야 한다는 마음부터 갖는다. 처음부터 잘 쓸 수가 없는데도 그런 생각을 한다. 왜 그런 생각을 하는 것일까? 굳이 잘 쓰지 않아도 된다. 쓰면서 익숙해지고 점점 잘하게 되는 것이다. 그냥 내가 하고 싶은 말을 제대로 하면 된다는 생각으로 자판을 두드려 보자.

A4 2장을 쓴다면, 자신의 할 말을 다 할 수 있는 글의 길이가 된다. 서론-본론-결론에 맞추어 논리정연하면서 길게 풀어낼 수 있다. 제대로 작성된 긴 글

이다. 물론 한 문단으로도 그런 글이 가능하지만 한 문단만 쓰는 연습을 하면 그 길이의 글만 쓰게 된다. 글쓰기 할 때, 쓰는 분량도 연습한대로 할 수 있다. 1문단보다는 A4 2장을 쓰는 연습을 하면서 몸에 글쓰기 근육을 익히는 것이 좋다.

나는 처음 글을 쓸 때 필사부터 시작했다. 부담되는 글쓰기를 시작할 때 필사처럼 좋은 것이 없다. 필사는 다른 사람 글을 그대로 베껴 쓰는 것을 말한다. 직접 써도 좋고 노트북에서 자판으로 쳐도 좋다. 나 같은 경우에는 자판으로 치는 것을 선호했다. 직접 쓰는 것은 팔이 아팠기 때문이다. 팔이 아프다면 그것 때문에 필사를 꺼려할 수 있기 때문에 아무래도 자판이 편하다. 하지만 필사는 자필과 타자치기, 둘 중 편한 것으로 해도 상관이 없고 효과도 별 차이가 없다.

처음 필사를 할 때가 생각난다. 내 인생 첫 책을 써야겠다고 생각한 이후부터 고민이 시작되었다. 글이라고는 대학 때 쓴 일기가 전부인데, 걱정이 되었다. 타고난 글재주가 있어서 어릴 때 특별히 글쓰기를 배우지 않아도 잘 쓴다는 이야기를 들은 경험도 없다. 읽는 것도 안했는데, 글 쓰는 것은 더욱 할 기회가 없었다. 그러다가 대학 때 기숙사생활을 하면서 좀 변화를 주고 싶고 소통을 하고 싶다는 마음으로 편지도 쓰고 일기도 썼다. 하지만 일기는 오로지 나만 보는 글이기에 특별한 형식도 없이 그냥 썼다. 다른 사람에게 보이는 글이라면 좀 더 신경 써서 썼을 것이다. 그런 점에서 일기로는 형식을 갖춘 글쓰기연습으로는 부족하다. 그런 상황이었기에 나는 고민을 안 할 수가 없었다. 그래서 생각한 것이 필사라도 해봐야겠다. 라고 생각했다. 원고를 본격적으로 쓰기 시작 2개월 전부터 필사를 시작했다.

필사를 하면 글쓰기 하는데 도움이 많이 된다. 그 이유는 크게 두 가지로 말할 수 있다. 일단은 서론-본론-결론을 어떻게 전개해서 쓰는지 간접경험이 된다. 다른 사람 책에서 한 챕터, 한 꼭지를 필사하는 분량이 A4 2장이나 2장 반이다. 그리고 그 분량에서 서론-본론-결론을 어떤 식으로 쓰는지 감을 잡을 수 있다. 서론에는 주로 작가 개인의 일화를 쓰기도 하고 질문으로 문제제기를 시작하기도 하고 또한 다른 사람의 사례를 가져와서 호기심을 유발할 수 있다는 것을 느낌으로 알 수 있다. 두 번째로 필사를 통해서 1꼭지 쓸 수 있는 자신감을 가질 수 있다. 사람의 마음 자체가 모든 일의 성취에 있어서 많은 부분을 차지한다. 인간은 자신의 생각과 의지로 목표를 달성하는 경우가 많다. 생각과 의지가 약하면 자신의 목표는 이루기 어려울 것이다. 마음상태가 중요하다고 본다. 글쓰기도 마찬가지이다. 긴 글쓰기, 즉, A4 2장 정도를 비록 내 글이 아니지만 계속 쓰다보면 그 분량에 감도 생길 뿐 아니라 자신감도 붙는다. 자신감이 붙으면 50%는 달성한 거나 마찬가지이다.

필사를 우습게보면 안 된다. 필사를 통해서 글쓰기를 제대로 독학할 수 있다. 기술을 배우려면 직접 해보아야 한다. 영어를 배울 때도 외국인과 직접 대화하는 것이다. 잘 하지 못하더라도 영어로 말을 건네고, 콩글리시라도 시작해야, 한 두 마디라도 외국인의 표현을 배울 수 있다. 수영을 배우는데도 영상으로만 영법을 배운다면 평생 수영은 배우지 못한다. 잘하든 못하든 일단, 몸을 물에 던져야 한다. 그래야 발버둥 치면서 발을 짝 폈을 때 물장구를 더 잘쳐서 물 밖으로 탈출할 수 있구나, 라는 것도 느낀다. 그렇게 물장구치는 법을 배우게 된다. 필사도 마찬가지이다. 필사는 글을 쓰는 것이 맞다. 나의 생각이 아니지만 글을 쓰는 것은 맞는 것이다. 남의 글이라도 그 글을 쓰면서 나는 제대로 글쓰기를 느끼고 배우게 된다.

원고를 쓰기 2달 전부터 나는 매일 필사했다. 필사가 글쓰기 실력에 도움이 된다는 것을 금방 깨닫게 되었기 때문이다. 2~3번만 필사해 보아도 머리로만 생각했을 때보다 글쓰기에 대한 방법에 대한 많은 아이디어가 생긴다. 그리고 글쓰기 실력도 향상된다. "A4 2장을 어떻게 쓰지? 책을 읽어볼까?" 라고 열심히 읽었지만 읽는다고 쓸 수 있는 것은 아니었다. 읽는 것과 쓰는 것은 별개의 부분이다. 편안하게 잘 쓰려면 써 봐야한다. 읽는 것으로 쓰는 것을 해결할 수 없다. 남의 글이든 내 글이든 조금 긴 분량으로 쓰는 연습만이 쓰는 근육을 키우고 좀 더 편안하게 쓸 수 있는 비법이다. 그 외 다른 방법을 찾기 어렵다.

첫 책을 출간한 이후, 2년 동안 4권을 더 출간한 나는 지금도 매일 하루 한 꼭지씩 쓰려고 노력한다. 왜냐하면 1꼭지, A4 2장 쓰기를 완전히 나의 몸에 체화시키기 위해서이다. 글쓰기에 있어서 나도 계속적인 노력과 연습이 필요하다. 개인저서, 이제 5권의 책이 출간되었다. 5권이 출간되었다고 글쓰기가 쉬워진 것은 아니다. 남들이 볼 때 나의 모습과 스스로 생각하는 나의 모습은 다르다. 남들은 이제 책도 많이 출간했으니, 쉬엄쉬엄 놀면서 써도 되지 않아요?, 라고 말하지만 내 생각은 다르다. 나는 앞으로 글쓰기와 관련된 일을 어떤 방법으로든 하면서 살 것이다. 그렇기 때문에 긴 글쓰기에 좀 더 편안함이 있었으면 하는 바람이 있다. 첫 책을 쓸 때보다 많이 좋아졌지만 그래도 더 편안했으면 하는 마음으로 오늘도 1꼭지, A4 2장 쓰기에 시간을 할애한다.

내가 편안한 글쓰기를 원하는 이유 중 하나는 편안해야 자주 하기 때문이다. 말하기가 어려운 말더듬이가 있다고 생각해보자. "아주 행복해요, 좋아요." 이 말하는 것이 쉽지 않다. 더듬더듬 이 말을 하고 나면 진땀이 나고 에너지 방출이다. 만약에 그렇다면 이 말더듬이는 말을 평상시 자주 할 수 있을까? 정말 안타까운 일이지만 힘들기 때문에 안하게 되고 안하면 더욱 말하기 힘든 상황이 될 것이다. 글쓰기도 마찬가지이다. 글 쓰는데 스트레스 받고 A4 2장 쓰는데 시간과 에너지가 소진된다면 점점 하기 어려워질 것이다.

　사실 살다보면 글쓰기보다 더 바쁜 일이 많다. 그렇다고 글쓰기를 포기한다면 하루의 포기가 이틀의 포기가 되고, 이틀의 포기가 삼일의 포기로 이어진다. 약간의 틈이 시간이 지날수록 큰 구멍으로 바뀐다. 좀 더 편하게 쓰는 것을 익히기 위해 틈을 주지 말고 매일 쓰자. 편안하게 글쓰기를 할 수 있다면 세상의 또 다른 행복감과 만족감을 느끼며 인생을 살 수 있다.

　평상시 A4 두 장, 글쓰기의 근육을 길러라. A4 2장 아주 많은 분량처럼 느껴진다. 어떻게 써야 할지 막막할 것이다. A4 2장은 글 구조를 갖추어 자신의 마음을 제대로 표현할 수 있는 분량이다. 그렇기 때문에 그 분량으로 글쓰기 연습을 해봐야한다. A4 1장 분량으로 연습하면 A4 1장 분량까지 쓰는 것에 익숙해진다. 하지만, A4 2장 쓰기를 연습하면 A4 1장도, A4 2장도 쓸 수 있다. 이왕이면 모든 책에서도 한 챕터에 해당되는 그 분량 A4 2장의 분량으로 글쓰기 근육을 키우기를 권한다. 처음에는 필사로 시작해라. 필사를 하면 미처 생각해보지 못한 효과를 얻을 수 있다. 글쓰기 감을 얻을 뿐 아니라 자신감은 덤으로 얻는다. 글쓰기 누구나 편안하게 쓸 수 있다. 필사로 남의 글부터 시작해서 자신의 글을 조금씩 쓰고, 글쓰기 근육을 키운다면 A4 2장, 편안하게 쓸 날이 올 것이다.

제4장

글 쓰는 습관, 생활에 장착하는 원칙

글쓰기가 어렵다는 부정적 의식에서 벗어나라

현재 아이와 나는 필리핀에 있다. 아이들이 필리핀에 올 때는 알파벳도 잘 모르고 왔다. 초등학교 2학년, 3학년이지만 나는 영어를 전혀 가르치지 않았다. 아이들이 다니는 대안학교가 인지교육을 지양하였기 때문이다. 필리핀 오기 전 알파벳정도는 가르칠 수 있었겠지만 그렇게 하지도 못했다. 시간이 주어졌을 때, 해외 살이 해보자, 하는 마음으로 준비 한 달 만에 왔기 때문에 필리핀 오기 직전에도 가르칠 시간적 여유가 없었다. 오로지 몸도 마음도 하얀 도화지와 같은 아이들이니 영어도 빠르게 흡수하고 적응도 잘 할 것이라는 믿음을 가지고 왔다. 하지만 나의 믿음과는 달리 아이들은 나름, 인내의 시간을 겪어야 했다.

작은 아이는 복합적인 문제로 힘들어했다. 영어와 친구문제이다. 어린 아이들이기 때문에 상대방의 마음을 헤아리지 못하고 오히려 더 잔인할 수 있다. 정아가 알파벳도 모르니, 정아를 바보라고 말하는 한 한국인 반 친구가 있었다.

"너는 알파벳도 모르니?"

"b와 d도 구분 못해?"

라면서 정아를 타박한 모양이다. 정아는 기가 죽어 그 당시에는 아무 말도 하지 못했다고 한다. 한국 아이들 사이에서 특히 이런 일이 가끔 발생한다고 한다. 아무래도 한국 아이들은 경쟁적으로 자란 영향이 있기 때문에 친구사이에서도 자신의 존재감을 확실히 자리매김하려고 한다. 물론 아이들마다 다르다. 정아는 그런 모욕적인 상황에서 비록 말은 못했지만 마음의 상처를 받았고 집에 와서 나를 안고 울기도 여러 번 했다.

아이들에게도 영어는 넘어야 할 산이다. 나이가 어리지만 한국말만 하고 산 아이들이기에 영어로 듣고 말한다는 것이 어른처럼 쉽지가 않다. 옛날 속담에 시집간 며느리는 귀머거리 3년, 벙어리3년, 시집살이를 넘겨야 한다고 했다. 그것처럼 세부 살이 하는 아이들은 영어를 생활어로 사용하려면 최소 6개월에서 1년간의 귀머거리, 벙어리 기간을 겪어야 한다.

정아에게 힘든 영어도 1년이 지나면서 서서히 좋아졌다. 시간이 지나면서 영어 실력이 좋아졌다. 일상적인 대화를 알아듣는 것은 문제없는 듯 보인다. 수업과정에서는 좀 더 시간이 필요하겠지만 그래도 1년이 지난 지금은 영어로 인해 힘들어 하지 않고 친구관계에서도 대등한 관계로 서로 밀당을 하면서 사이좋게 지내는 수준까지 왔다. 평상시 나름 열심히 한 노력의 결과일 것이다. 해외에서 살아가기 위해서 노력해야 할 부분 중 가장 시간이 많이 걸리는 언어. 하지만 항상 긍정적으로 생각해야 한다. 조만간 나도 저들의 말을 잘 알아듣고 내가 하고 싶은 표현을 자유자재로 할 수 있다고 생각해야 한다. 친구들과의 사이에서 부정적인 말들로 마음의 상처를 받은 나머지 언어에 대해서 자신은 불가능할 것 같다는 부정적인 생각을 자칫 가질 수 있다. 그러면 더욱 시간이 많이 걸리고 힘들어진다. 옆에서 긍정적인 마음을 가질 수 있도록 도와주어야 하고 당사자도 부정적 의식보다는 긍정적인 의식으로 언어의 장벽을 잘 넘겨야 한다. 아이나 어른이나 마찬가지이다.

언어의 장벽뿐 아니라 글쓰기에서도 이런 넘어야 할 장벽이 있다. 한국문화는 글 쓰는 문화가 아니다, 정규교육과정에서도 글 쓰는 교육이 따로 있다거나 글 쓰는 시간이 주어지지 않았다. 과제 또한 자신의 생각을 펼쳐서 글을 쓰고 그것을 제출하는 방식이 아니다. 그렇기 때문에 글 쓰는 것에 자신감이 있는 사람은 많지 않다. 이런 상황을 이해하고 받아들이는 것에서부터 글쓰기의 실력 향상의 기본이 갖추어지게 되는 것이다.

의식이 중요함을 사람들은 안다. 자신이 어떤 의식을 가지느냐에 따라 결과에서는 엄청난 차이가 난다. 아주 사소한 일에서도 그 의식의 영향을 받는다. 운전을 하면서 신호대기에 걸릴 것 같다는 생각을 하였을 때, 여지없이 신호대기에 딱 걸리는 경험을 나는 여러 번 했다. 그에 반해 긍정적으로 생각했을 때는 그 생각대로 신호에 걸리지 않고 잘 지나가는 경험도 했다. 이유는 정확히 모르지만 아마도 의식과 관계있을 것이라 여긴다. 나의 의식대로 세상이 움직이는 것을 체험하게 되는 것이다. 자신의 생각이 곧 현실이 된다. 자신이 믿는 대로 현실로 나타난다.

글을 쓸 때 글쓰기는 도저히 못하겠어, 하고 생각한다면 어떤 상황이 벌어질지 상상해보자. 처음 일기를 쓸 때가 나는 생각난다. 대학교 다닐 때 기숙사 생활을 하면서 답답한 마음을 일기장에 풀어냈다. 그렇게 마음을 풀어내기까지도 쉽지 않았다. 일기인데도 그랬다. 일기는 나만 보는 글이다. 다른 사람이 내 글을 볼일이 없다. 그런데도 글이란 것에 긴장했다. 어디서부터 어떻게 써야하는지 막막했다. 한 문장을 써놓고 지우기를 여러 번, 나중에는 아~ 이글은 나만 보는 것이지, 라고 안도감을 가지면서 한 문장, 두 문장 글을 이어갈 수 있었다. 그리고 처음부터 잘 써지지 않았다. 매일 조금씩 쓰면서 쓰는 것에 대한 거부반응을 없앨 수 있었고, 쓴 횟수만큼 그 만큼 분량의 길이도 길어져 갔다.

글쓰기에 대한 부정적인 생각을 버려야 한다. 그 동안 글 쓰는 환경이 없었기 때문에 자신은 글쓰기를 해보지 않았고, 그렇기 때문에 글쓰기를 잘 못할 뿐이다. 그것을 받아들이고 인정하자. 부정적인 마음을 버려야 글쓰기도 시작하게 되고 글쓰기를 잘 할 수 있는 기회도 가지게 된다. 그 동안 글쓰기에 대한 좌절감을 벗어던지고 과감히 그 벽부터 넘어야 한다. 자연스럽게 의식을 바꾸기가 어렵다면, 행동을 먼저 바꾸어보자. 글 쓰는 행동을 자체를 통해 의식도 바꾸어지게 될 것이다.

글쓰기에 베어 있는 부정적인 의식을 탈출하는 방법으로 우선, 해야 할 일이 글쓰기에 대한 자신의 의식을 점검하는 것이다. 만약, 과거 학창시절 글짓기 대회 상을 받았다면 그래도 무의식 깊은 곳에, 글쓰기에 대한 자신감을 가지고 있을 것이다. 하지만 이런 경험 없이 처음으로 글쓰기를 시작하겠다고 한다면 무의식적으로 글쓰기에 대한 부담과 거부반응이 있을 수 있다. 이런 상황에 대해 스스로 점검하고 부정적인 의식에 대해 인지한다.

두 번째 권하는 방법은 자신이 좋아하는 책을 선택하고 읽으면서 매일 필사를 하는 것이다. 노트북에 파일을 하나 만들어놓고 매일 워드로 쳐보는 것이다. 이것 또한 많은 도움이 된다. 글이란 것에 대해 거부반응을 없앨 뿐 아니라 왠지 자신이 쓰고 있다는 느낌이 들어 자신감이 생긴다.

세 번째 권하는 방법으로는 독서 후 감동문구 적고 한 문장으로 자신이 느낀 점을 적는 것이다. 독서 후 글쓰기가 글쓰기연습하기에는 가장 쉬운 편이다. 주제, 제목을 스스로 정하고 글쓰기를 하는 것은 그것보다 좀 더 어려운 부분이라 할 수 있다. 그래서 책을 읽고 감동문구에 따른 자신의 느낀 점을 적으면서 글쓰기를 일상처럼 하는 습관을 들여 글쓰기와 가까워지는 것이다.

이렇게 자신을 글쓰기에 자주 노출시키면 부정적인 마음은 사라진다. 매일 하는 것이라면 그것에 친숙하고 만만하게 생각 되어 부정적 감정 자체를 잊어버리게 될 것이다.

글쓰기를 하고 싶다면 부정적인 의식부터 버려야 한다. 부정적 의식이 글쓰기를 못하게 하는 가장 큰 걸림돌이 되기 때문이다. 부정적인 의식 자체는 전혀 도움이 안 된다. 오히려 강력한 방해요인이 되어 결코 그 잘하고 싶은 글쓰기를 잘 할 수 없게 만들 것이다. 부정적인 의식의 결과물은 부정적인 것이기에 글쓰기를 결국 하지 못하게 된다. 의식이 전부라는 말도 있다. 세상의 모든 것은 우리의 의식으로부터 나왔다. 그러니 부정적인 의식에서 현실이 될 수 있는 것은 아무것도 없음을 인지하자. 글쓰기도 마찬가지이다. 글쓰기 하려면 자신의 의식상태를 글쓰기에 적합한 의식, 긍정적인 의식으로 바꾸는 것부터 시작해야 한다는 점 기억하자.

자판을 두드리는 시간을 늘려라

긍정적인 행동을 반복하다보면 좋은 결과를 얻을 수 있다. 자신이 정말 습관으로 만들고 싶은 일이 있다면, 우선 무한 반복할 수 있는 시스템을 만들어야 한다. 그리고 그 시스템대로 반복행동을 하는 것이다. 반복할수록 지식과 노하우는 늘어나고 실력도 점점 쌓여 삶을 변화시킨다.

글쓰기에서도 마찬가지이다. 글쓰기가 반복이 되는 일상이 되게 하는 것이 중요하다. 그러기 위해 우선 자판 두드리는 시간부터 늘려야 한다.

초등학생 4학년인 아들, 어느 날 근육에 대해서 부쩍 관심을 보인다.

"엄마, 근육을 키우려면 어떻게 해야 해?"

"응, 근육을 많이 움직이면 근육은 발달하지."

나는 대수롭지 않게 이야기했다. 아들은 TV프로그램 중 정글에서 모험하는 연예인들의 모습을 보더니 근육질의 남성에 관심을 보였다. 결국 근육질의 남성이 되겠다고 스스로 결심을 한 것이다. 자신이 크면 꼭 저 프로그램에 나가 겠다고 말하기도 한다. 아들은 아침, 저녁으로 운동을 하기 시작했다.

아들의 운동방법은 물통 들어올리기이다. 4리터 생수 통을 들어올린다. 몸에 대한 지식도 없이 그냥 열심히 빠르게 들어 올렸다가 내렸다가를 반복한다. 저러다가 담이라도 걸리면 어떡하지 하는 걱정이 된다. 간간이 줄넘기도 한다. 줄넘기 1000개를 목표로 저녁마다 열심이다. 나는 저렇게 어린 아이가 운동한다고 근육이 나올까?,라고 생각을 했다. 하지만 노력은 결코 실망시키지 않는다.

초등학생이지만 아들의 근육은 발달되었다. 이두박근, 삼두박근 자신의 근육을 보면서 아들은 뿌듯해했다. 줄넘기 덕분에 다리 허벅지에도 근육이 생겼다. 신나하면서 엄마 다리 한번 만져보세요. 아주 단단해 졌어요, 라고 이야기 한다. 근육의 발달이 확 들어나지는 않지만 운동하기 전보다 확연히 다른 모습이다. 나는 감탄했다. 어린 아이이지만 운동한 만큼 결과가 나타나는 것을 보고 반복의 파워풀한 효과를 느낄 수 있었다. 계속 아들이 이것을 좋은 습관으로 잘 유지하기를 바라는 마음이다.

자신이 원하는 것을 얻기 위해서는 반드시 반복적인 행동이 필요하다. 행동의 무한 반복이 필수인 것이다. 반복적인 행동이 없다면 얻는 것이 없다. 목표가 있다면 그 목표를 달성할 수 있는 중점행동을 정해서 그것을 계속적으로 해야 한다. 모든 영역에 있어서 꿈과 목표달성을 위해 반복행동의 중요성은 아무리 강조해도 지나치지 않을 것이다.

새벽마다 가장 먼저 하는 나의 일은 노트북 전원을 켜는 것이다. 노트북에서 나오는 익숙한 음을 들으면서 아침에 해야 할 간단한 일을 먼저 한다. 고양이 밥을 먼저 챙겨준다. 새벽이나 이른 아침, 2층에서 내려오면 고양이 6마리가 집 쪽을 보고 현관 앞에 대기하고 있다. 처음에는 3마리에서부터 시작했는데, 어느 새 6마리가 되었다. 2마리는 아직 어리다. 사람으로 치면 청소년에 해당되는 고양이다. 동그란 눈을 하고 두려워하면서도 주는 밥을 덥석덥석 잘도 받아먹는다. 고양이 밥 주는 것이 끝나면 또한 아이들 챙겨야 할 일을 미리 해둔다. 이 곳 필리핀 세부는 점심 도시락을 싸서 보내야 하기에 도시락과 관련된 것을 미리 준비한다. 미리 준비하지 않으면 아이들이 일어나면, 너무 바빠지기 때문이다. 수저통에 수저 넣고 더운 나라라 필수품인 물통에 시원한 물을 넣어 둔다. 그렇게 하고 나서 나는 노트북이 있는 책상에 앉는다.

글쓰기 습관을 만들기 위해 나는 1꼭지씩 쓰는 계획을 세웠다. 보통 사람들이 글쓰기 못한다고 생각하고 말하는데, 정말 자신이 글쓰기를 못하는지는 매일 글을 쓰고 자판을 두드려 봐야지 제대로 알 수 있다. 최소 2개월은 그렇게 해보자. 나는 처음에 필사부터 시작했었다. 본격적으로 글을 쓰기 전부터 남의 책으로 자판을 쳤다. 뇌는 착각을 일으킨다. 남의 책도 내가 치는 듯 뇌는 그것을 나의 글로 인식한다. 비록 남의 글이라도 내가 직접 자판을 치는 글은 내 글이 되는 것이다. 그렇게 글에 대한 거부반응을 없앴다. 나는 이 방법을 강조하고 싶다. 처음부터 자기 글을 쓰려고 하면서 스트레스 받지 말고 무조건 남의 글로 자판을 두드려 보자. 남의 글이든 내 글이든 1꼭지씩 자판을 두드리는 시간을 갖는 것이 글쓰기 습관 만드는데 최고이다.

두 손을 자판위에 올리면 아이디어가 생긴다. 자판 두드리는 행동 자체로 인해 글쓰기에 몰입하게 되고 몰입은 새로운 창조물을 만들어낸다. 바로 그것이 아이디어이다. 아이디어는 금방 나타났다가 사라져버린다. 그래서 눈에 보이는 것으로 남겨야 한다. 그것이 바로 기록이다. 글쓰기에 대한 깨달음을 반드시 기록으로 남겨 다음에 글 쓸 때 활용해야 한다. 기록한 내용들은 요긴한 자료가 되어 더 좋은 글이 되는데 유용하다.

나는 꼭지 글을 쓰면서 생기는 아이디어를 적는 파일을 따로 만들어 놓았다. '글쓰기 일기'라는 이름을 붙였다. 남의 글, 나의 글 상관없이 글을 써다보면 글쓰기에 관련해서 깨달음이나 아이디어가 생긴다. 예를 들어서 가끔 의문도 생긴다. 이런 의문과 나름의 답도 아이디어에 해당된다.

'글쓰기에 넣을 사례 중 간접사례는 어느 위치에 넣는 것이 좋을까?' 쓰면서 이런 의문을 갖는다. 글쓰기 할 때 사례들을 넣는다. 사례가 있어야 내용이 재미있고 풍성한 글이 된다. 글을 쓰기 전 제목을 정했다면 그 제목의 키워드와 직접적으로 연관이 있는 사례는 직접사례이고 그것과 직접적 연관이 없지만 의미면에서 관련이 있다면 간접사례에 해당된다. 편하게 이해하기 위해 나 스스로 그렇게 이름을 붙였다. 간접사례를 너무 길게 넣으면 제목에서 글이 이탈한 느낌을 받을 수 있다. 그래서 이런 상황이 발생하지 않도록 적당히 조율해서 간접사례와 직접사례를 넣어야 한다. 그리고 그 위치에 대한 고민도 한다. 간접사례를 서론부분에 넣어도 되는지? 아님 처음이니까 본론부분에 넣어야 하는지? 이런 질문과 함께 나름의 답을 정해서 이것을 '글쓰기 일기장'에 쓴다. 그래서 글을 쓸 때는 항상 파일 2개를 동시에 열어둔다. 글을 쓰다가 아이디어가 생기면 바로 일기장 파일을 열어 기록한다.

자판 두드리는 시간을 늘리자. 글쓰기에 대한 의문과 아이디어는 가만히 있어서는 나오지 않는다. 자판을 두드렸을 때 얻을 수 있는 것들이다. 자판을 두드리면서 글쓰기에 대한 다양한 생각들을 하면서 글쓰기에 대해 더 많이 깨닫고 알게 된다. 글쓰기에 재능이 있는지, 없는지, 글쓰기를 자신이 싫어하는지, 좋아하는지는 자판을 자주 두드리고 난 뒤에 생각해도 늦지 않다. 미리 섣불리 판단하지 말기를 바란다. 하루 중 일정한 시간을 정해서 글이 되든 안 되든 자판을 두드려보자. 자판을 두드리는 횟수만큼 의문과 아이디어는 생겨나고, 그것이 나의 글쓰기실력을 향상시킬 것이다.

한 줄이라도 매일 쓰라

세부 살이를 결심하고 한국에서 준비할 때가 생각난다. 세부 살이를 위해 무엇부터, 어떻게 준비해야할지 아이디어가 떠오르지 않았다. 오로지 유학원에 전화를 해보았다. 유학원에서 세부에 있는 어학원을 소개시켜주었다. 그곳은 모든 시스템이 엄마에게도 아이에게도 만족스러운 곳이었지만 비용 면에서 나에게 부담이 되어 일찍이 포기를 했다. 혼자서 알아보는 방법밖에 없었다. 새벽시간, 이 생각으로 오랫동안 고민을 해보았다. 한 가지에 집중한 생각은 언젠가는 답이 되어 돌아온다는 믿음대로 세부 살이 할 수 있는 방법을 알아냈다. 그것은 세부사전 방문을 잠깐 했을 때, 들린 집의 한국 사람과 연락하는 것이다. 처음에는 그 사람을 생각해내지 못했다. 꾸준히 매일 집중해서 세부 살이를 생각함으로 인해 나는 그 사람을 생각해 낸 것이다.

글쓰기 습관들이는 것에 있어서도 마찬가지 원리가 적용된다.

까마득해 보이고, 어렵게 보이기만 했던 것이 꾸준히 함으로써 서서히 모습을 드러낸다. 매일 한 줄이라도 쓰다 보면 어느 순간 습관이 되어 글쓰기가 몸에 베여 있게 된다.

매일 한 줄이라도 쓰는 것은 글쓰기를 일상화하는데 있어 강력한 힘을 발휘한다. 매일 하는 효과를 글쓰기에 적용시키는 것이다. 매일 한 줄이라도 쓰는 것은 글쓰기모드로 나 자신과 생활을 바꾸어 놓는 것이라 할 수 있다. 매일 글을 쓰게 되기 때문에 습관이 될 가능성이 높아지는 것이다. 한 줄을 쓰겠다는 마음을 먹으면 사실 한 줄만 쓰는 것이 아니다. 한 줄이 두 줄 되고 두 줄이 석 줄이 된다. 세부 살이 할 수 있는 방법을 새벽마다 생각한 것은 세부 살이로 나의 머리를 채우는 것과 같았다. 새벽의 생각이 하루의 생각에 영향을 미치고 세부 살이에 대한 생각이 하루를 채운다고 볼 수도 있다. 그렇게 나의 머리와 나의 하루를 채운 주제는 결국 나름의 답을 얻을 수 있는 아이디어가 생기게 되었고 그 아이디어가 실마리가 되어 세부 살이를 진행하게 되었다. 그것처럼 글쓰기 습관들이는 것도 하루 한 줄 쓰기에서 부터 시작이 되어 완전히 나의 일상으로 정착하게 된다.

한 줄이라도 매일 쓰기 위해서 우리는 어떻게 해야 할까? 글이라고는 쓰지 않고 살던 사람이 글쓰기를 한다고 가정했을 때, 한 줄이지만 그것도 쓰기가 쉽지 않을 수 있다. 일기라도 쓴 사람이라면 좀 나을까? 일기는 혼자 읽는 글이란 점에서 다르다. 누군가에게 보이기 위한 글은 또 다른 차원으로 쓰기가 쉽지 않다. 보통 기안을 자주 작성하고, 글쓰기에 어느 정도 노출된 직장인이라 하더라도 보이기 위한 한 줄 쓰기가 부담이 될 수 있다.

한 줄이든 두 줄이든 글쓰기는 안 해본 것이기에 힘든 감정이 생긴다. 하다 보면 점점 쉬워지는 것이지만 시작을 하지 못해서 마음만 가지고 있는 경우가 많다. 한 줄이라도 매일 쓴다는 마음으로 노트를 따로 만들거나 아니면 파일을 만들어 날짜를 적고 한 줄 쓰기를 시작하자. 처음에는 그렇게 실천하고 눈으로 직접 확인할 수 있는 것을 만들면 도움이 된다. 한 줄 쓰기를 눈으로 확인할 수 있는 방법은 여러 가지가 있겠다. 체크리스트, 한 줄 쓰기 노트, 한 줄 쓰기 일기이다. 이 중 가장 손쉽게 할 수 있는 것은 체크리스트이다.

나는 하루 꼭 해야 할 일들의 항목을 정하고 그것으로 체크리스트를 만든다. 가로 줄에는 하루 중 해야 할 항목을 칸을 나누어 기록하고 세로 줄에는 날짜를 적어 체크리스트 표를 만든다. 그리고 실천 후 매일 체크를 한다. 이렇게 체크리스트를 만들어 사용하면 하루 중 내가 한 일과 못한 일을 한 눈에 확인이 가능해서 한 것은 더욱 열심히 하게 되고, 안 한 일은 다음에는 꼭 해야겠다고 다짐하게 된다. 한 줄 쓰기도 체크리스트의 한 항목이 되게 준비한다. 칸을 하나 더 추가해서 포함시키면 된다.

긍정적인 의미부여를 함으로써 하루 한 줄 쓰기를 더 잘 할 수 있다. 그렇다면 한 줄 쓰기 행동에 대한 긍정적인 의미부여는 어떻게 하면 될까? 생각해보아야 한다. 의미부여는 이케다 타카마사 작가가 말했듯이 어떤 행동에 좋은 감정을 느껴서 그 행동을 더 많이 하게 하는 효과가 있다. 사실 맞는 말이다. 내가 하기 싫은 일들을 곰곰이 생각해보자. 그 행동들은 과거에 좋지 않은 기억이나 현재에 별 재미가 없는 것일 경우가 많다. 그런 행동들은 하기 싫어진다. 억지로 참고 하더라도 다음날 또 같은 부정적인 감정에 놓여서 마음으로 인내력을 발휘해야 한다. 이렇게 힘들게 그 행동을 한다고 해서 그 행동으로 좋은 영향이 내 삶에 일어날 것 같지 않다. 이럴 때 그 행동들의 의미를 좋은 것으로 새롭게 부여한다면 과거의 좋지 않은 기억, 현재의 재미없음의 기억 대신에 좋은 감정이 생겨서 그 행동을 하게 된다. 이것이 《미래기억의》를 쓴 이케다 타카마사의 의견인데 100% 공감하는 바이다.

그래서 매일 한 줄 쓰기에 대해 조금은 다른 의미를 부여 해보자. 과거에는 한 줄 쓰기에 대한 기억 자체가 많지 않았고, 한 줄이지만 간혹 쓸 때는 힘들고 괴로웠다, 그런 감정이 있었기에 좋은 의미부여가 되지 않았다. 그래서 먼저 해야 할 것은 한 줄 쓰기에 다른 긍정적인 의미부여를 하는 것이다. 한줄 쓰기 라고 과소평가하지 말고 색다른 의미부여로 제대로 동기부여 받도록 해보자. 한줄 쓰기 다음과 같이 다르게 의미부여할 수 있다.

첫째, 두 줄이 아니고 한 줄이라 좋다.

둘째, 한 줄 쓰기는 한 줄만 써서 금방 쓸 수 있다.

셋째, 한 줄 쓰기는 나의 생각을 표현하는 기회가 된다.

넷째, 한 줄 쓰기가 두 줄, 세 줄 쓰는 원동력이 된다.

다섯째, 한 줄 쓰기를 통해 글쓰기 실력이 향상된다.

여섯째, 매일 한 줄 쓰기를 하면 글쓰기 습관형성이 된다.

일곱째, 매일 한 줄 쓰기를 통해 책을 쓸 수도 있다.

여덟째, 한 줄 쓰기를 통해, 내 인생 버킷리스트인 '내 인생 첫 책 쓰기'가 가능해진다.

아홉째, 한 줄 쓰기를 통해 책 쓰고 강연요청도 받을 수 있다.

열 번째, 한 줄 쓰기를 통해서 사람들에게 나의 방법과 노하우를 알려주는 메신저가 될 수도 있다.

열한 번째, 한 줄 쓰기를 통해 메신저가 되어 사람들에게 도움을 주고 그 대가를 받는다.

이렇게 한 줄 쓰기에 대한 긍정적인 의미부여는 무궁무진하다. 그런 의미부여를 한다면 한 줄 쓰기를 안 할 이유가 없다. 처음에는 조금 불편하더라도 멋진 의미부여 후에 좋은 감정이 생기고 좋은 감정이 있는 행동인 한 줄 쓰기를 나는 매일 하게 될 것이다.

글쓰기 습관을 들이는 것은 작은 것에서부터 시작이다. 한 문단을 쓰기 위해서는 한 문장을 쓸 수 있어야 한다. 한 문장이라고 해도 처음에는 쉽지가 않을 수 있다. 처음 글을 쓰는 사람에게는 한 문장이든 1꼭지든 그것이 중요한 것이 아니다. 글 자체가 어려운 것이다. 그렇기 때문에 특별한 의미부여가 필요하다. 글쓰기 자체가 싫고 어렵고 고통스럽다는 부정적인 감정에서 벗어나기 위해 한 줄 쓰기를 통해 내가 얻을 수 있는 귀한 것들을 생각하는 것이다. 그리고 그것을 기록하고 머리에 새롭게 의미 부여를 한다면, 한 줄 쓰기는 매일 하는 나의 일상사가 될 수 있다. 나에게 엄청난 성장과 변화를 일으키는 간단한 행동이 있는데 그것을 안 할 이유가 없다. 그 간단한 행동이 바로 매일 한 줄 쓰기이다. 새로운 의미부여로 매일 한 줄 쓰기 제대로 나의 삶으로 끌어들이고 글쓰기가 나의 습관, 삶이 되어 글 쓰면서 만족스럽고 행복한 삶을 살기를 바란다.

기분 따지지 말고 써라

새벽시간을 활용하게 위해 나는 새벽 수영강습에 등록했다. 이것은 스스로에게 한 특단의 조치였다. 새벽의 가치를 알게 되었지만, 잠이 많아 혼자서는 도저히 불가능하다고 생각했기에 가까이에 있는 수영장을 활용하자고 마음먹었다.

"06:00~07:00"

새벽 수영시간이다. 새벽수영에 참석하려면 최소한 05시에는 일어나야 한다. 늦어도 05시 30분에는 기상하게 된다. 야무지게 새벽수영의 계획을 세웠다. 하지만 쉽지 않은 것이다. 아무리 돈을 내고 새벽에 일어날 수밖에 없는 시스템을 만들었다 한들 무거운 눈꺼풀을 들어 올리는 데는 내공이 필요했다.

아침 새벽에 일어나는 자체도 힘들었지만 새벽에 물속에 들어가는 것은 더 싫었다. 수영장까지 왔지만 회의감이 든다. 이렇게 까지 해야 하는가? 스스로 반문을 했다. 답은 하나, 그래도 해야 한다는 것. 그래~ 해보자, 라는 심정으로 물속으로 들어간다. 물속에서 첨벙첨벙, 한 두 바퀴 왔다 갔다 하면 처음의 마음이 싹 사라진다. 수영장 안 왔으면 어쩔 뻔 했어?, 라는 감사한 마음이 된다. 물속에서도 열이 난다는 것을 알았다. 정말 물속에 있지만 물속에서 온 몸에 열이 난다. 그래도 기분이 좋다. 처음 물속에 들어갈 때는 죽을 맛이었다면 한참 운동을 하고 난 뒤는 딴 세상을 경험한다. 수영을 마치고 샤워 후 스포츠 센터를 나설 때 쯤 되면 그 상쾌하고 기분 좋은 맛은 그 어디에 비길 바가 없다.

기분이 내키지 않더라도 하다보면 기분은 행동을 따라간다. 기분은 일시적이다. 나의 행동에 따라 기분은 얼마든지 바뀐다. 기분이 부정적일 때 가끔은 차를 몰고 드라이버를 한다면 금방 좋아진다. 때론 새벽시장에서 북적거리는 사람들을 보면서 삶의 활력을 찾기도 한다. 이렇듯 기분이 얼마든지 바뀔 수 있다는 것을 인정하고 기분에 지배당하지 말아야겠다. 어떤 계획을 세웠다면 기분에 상관없이 바로 실천을 하는 것이 필요하다. 그렇게 하다보면 기분은 또 다시 나에게 좋은 쪽으로 바뀌어 진다. 한 순간의 기분으로 중요한 계획을 포기하면 안 된다.

글쓰기 할 때도 항상 기분이 내켜서 하는 것은 아니다. 기분이 내키지 않더라도 쓰다보면 집중하게 되고 안 될 것 같은 글쓰기가 생각 외로 되는 경우가 많다.

하루에 한 꼭지씩 쓰기를 실천 목표로 나는 세웠다. 하루에 한 꼭지씩 쓰다보면 글쓰기가 세 끼 밥 먹는 것처럼 나의 삶으로 들어오게 될 것이다. 사람들이 글쓰기를 부담스러워하고 하지 못하는 가장 큰 이유는 글쓰기를 많이 하지 않았기 때문이다. 나도 마찬가지였다. 그래서 일단은 글쓰기를 매일 하기로 결심을 하고 계획을 세웠다.

글쓰기, 나도 어떤 날은 내키지 않을 때가 있다. 오늘은 영 아니야, 라고 스스로 생각한 날은 더욱 자판 두드리기가 싫다. 그러나 글쓰기에 한해서는 이런 기분을 무시한다. 글쓰기가 좀 익숙해질 때까지 기분은 등한시하는 것이다. 하루 한 꼭지쓰기, 목표는 달성한다, 라는 마음으로 기계적으로 노트북을 켜고 파일을 열어 꼭지제목을 확인하고 두 손을 자판위에 올려놓는다. 간단히 개요부터 머리에 그린다. 서론-본론-결론에 넣을 사례들을 구상한다. 개요쓰기는 아무리 간단한 시간일지라도 꼭 하는 것이 유리하다는 것을 알게 된 이후부터 나는 계속 실천하고 있다. 개요쓰기 없이 쓰는 것보다 개요를 만들고 쓰는 것이 글쓰기가 좀 더 쉬워진다. 그렇게 개요를 생각하는 중간에 마음이 확 바뀌는 경우도 있고, 개요를 쓰는 내내 여전히 쓸 기분이 아닐 때도 있다. 하지만 나는 기분무시하고 간단히 개요 메모하고 바로 서론 사례로 들어간다.

첫 문장을 쓰고 나면 그 다음 문장은 자동으로 나오는 경우가 많다. 보통 첫 문장에 자신의 메시지를 쓰는 경우가 많다. 예를 들어, '나는 하루에 한 꼭지씩 쓰는 실천 목표를 세웠다.' 위 문단의 첫 문장이다. 이렇게 쓰고 난 뒤 그 다음 문장으로 주로 이유를 적어 주면 된다. '하루에 한 꼭지씩 쓰다보면 글쓰기가 세 끼 밥 먹는 것처럼 나의 삶으로 들어오게 될 것이다.' 왜냐하면, 때문이다, 라는 문구가 들어가지 않아도 그런 느낌으로 진행이 되는 것이다. 그리고 그 이유에 대한 구체적인 예를 더 적어주어도 되고, 거기까지만 해도 된다. 그 문단의 특징이다. 그렇게 서론 문단을 쓴다.

그렇게 한 문단 한 문단 쓰다보면 계속 이어서 쓰게 된다. 연이어 쓸 수 있는 이유는 기분으로 글을 쓰는 것이 아니기 때문이다. 기분이 절대적으로 글 쓰는 데 영향을 미치는 것이 아니다. 보통 글은 기분에 의해 많은 영향을 받는다고 생각하지만 그렇지가 않다. 글쓰기는 철저히 논리적인 구성에 의해 구조화되고 짜여 지는 것이 우선이기 때문이다. 논리적인 구조가 완성되고 구체적인 이야기를 쓸 때 감정이 들어가는 순서이기 때문에 글쓰기에 있어서 기분이 썩 내키지 않아도 글은 쓸 수 있다. 그리고 쓰는 도중에 그 기분은 좋은 쪽으로 다시 회복되는 경우가 많다.

글 쓸 기분이 올 때까지 기다리지 마라. 아마도 그런 기분이 내키는 경우는 거의 없을지 모른다. 그런 글 쓸 기분은 또 어떤 상태인가? 기성작가들이라면 글 쓰는 그 기분을 알고 있기 때문에 그런 날이라면 그날을 놓치지 않을 것이다. 하지만 기성작가가 아닌 경우에, 이제 글쓰기 해보려는 사람에게는 그런 기분을 찾기보다 우선 글을 쓰는 것이 더 중요하다. 특별히 기분 따지면 글을 쓰지 못한다. 기분 따지지 말고 글을 써야 하는 이유를 다시 정리해 보면 다음과 같다.

첫째, 글 쓸 기분이 내키는 날이 따로 있지 않다.

글을 쓰는 이유는 여러 가지이다. 우울해서 쓰기도 하고, 기분 전환을 위해서 쓰기도 한다. 글쓰기 딱 좋은 기분은 따로 없다. 자신이 생각하기 나름이다. 기분이 좋지 않을 때가 오히려 글을 써야 할 때이기도 하다. 그렇게 어느 상황에서든 글은 쓸 수 있다.

둘째, 글은 매일 쓰는 것이 중요하다.

기분에 충실하지 말고 행동에 충실하자. 처음 글 쓰는 입장이라면 더욱 그래야 한다. 마음이나 기분이 우선이면 안 되고 일단 행동을 하는 것이 중요하다. 행동을 해야 변화가 일어난다. 행동에 의해 기분도 변화된다. 실력도 조금씩 좋아진다. 글은 쓰는 만큼 좋아진다. 글쓰기를 나의 삶에 끌어들이려는 목표가 있다면 기분이 좋거나 나쁘거나 매일 일정한 시간을 두고 써야 한다. 그것이 글쓰기 정복하는 방법이다.

셋째, 쓰다보면 몰입하게 되고 기분도 좋아진다.

시작은 항상 쉽지 않다. 운동하러 나가기 위해 가장 힘든 시간이 문을 열고 밖으로 나가는 순간이라고 한다. 그 시간만 잘 통과한다면 그 날 운동하기는 성공한다. 현관문 열고 나가기가 그렇게 어렵다. 글쓰기도 마찬가지다. 노트북을 켜고 꼭지제목을 맨 위에 쓰고 자판에 손을 얹기까지가 어렵다. 자판에 손을 얹으면 무엇이든지 쓰게 된다. 쓰다보면 자신의 삶을 뒤돌아보기도 하고 미래를 계획하기도 하면서 머리의 생각들을 자판으로 두드리게 된다. 그러면서 자연스럽게 몰입이 된다. 특히 조용하고 집중이 잘 되는 시간대를 찾는다면 글 쓰는데 더욱 빠른 집중과 몰입이 될 것이다.

기분을 따지지 말고 써라. 쓸 기분, 못 쓸 기분 따로 없다. 이래서 못쓰고 저래서 못쓰고, 하는 마음상태이면 글쓰기는 물 건너간다. 일단 하루 계획대로 쓴다는 마음자세를 가져야 한다. 그래야 습관도 되고 습관이 되면 글쓰기는 말하는 것과 똑 같이 나에게 그렇게 어려운 것이 아니게 된다. 말 잘하려면 말을 자주 해야 하고 독서광이 되려면 매일 읽어야 한다. 그렇듯이 글 잘 쓰려면 매일 써야 한다. 자신의 삶을 되돌아보자. 글을 잘 쓰고 싶다는 생각은 있었지만 글을 하루 중 얼마나 썼고 쓰고 있는지 생각해보자. 짧은 메시지 답장 말고 좀 더 긴 글을 생각해보자. 최소 A4 1장, 2장 정도는 썼는지 되돌아보자. 사실, 안 썼기 때문에 자신이 없는 것이다. 쓰지도 않으면서 못한다고만 착각하고 있었던 것이다. 그런 착각을 할 시간에 한 문장, 한 문단이라도 써보자. 기본적인 구조, 서론-본론-결론에 맞추어서 쓰자. 그렇게 하면 좋지 않은 기분은 사라진다. 사실 글 못쓸 기분은 없다. 설사 내키지 않은 기분이라도 쓰면서 변화된다. 기분 상관하지 말고 매일 쓰자. 조금이라도 매일 쓰는 것만이 글쓰기 습관 만드는 최고의 방법임을 다시 한 번 더 강조한다.

남의 글, 필사부터 해라

필사가 있었기에 인생 첫 개인 저서 《하루 한 권 독서법》을 쓸 수 있었다고 나는 말한다. 필사가 글쓰기에 대한 부담감을 줄여주었고 자신감을 가질 수 있도록 했다. 그런 면에서 필사는 무시할 수 없다. 간혹 필사의 가치를 모르는 경우가 많은데 그것은 해보지 않은 사람의 잘못된 선입견이다.

2017년 10월경 나는 독서 경력 5년 만에 책을 써야겠다고 결심했다. 내가 읽은 많은 책의 저자들처럼 나도 나의 경험과 노하우를 알려주는 사람이 되어야겠다고 생각했다. 육아를 위해 읽기 시작한 육아서로 인해 나는 많은 도움을 받았다. 내가 이렇게 육아서를 읽을 줄은 미처 몰랐지만 육아를 시작하면서 자연스럽게 책을 잡게 되었다. 책에는 많은 지식과 지혜, 노하우가 있다는 것을 알고 있었기에 가능했다. 그렇게 육아서를 통해서 나는 육아법을 알게 되었고 나 나름대로 활용해서 아이 키우는데 유익하게 적용할 수 있었다. 내가 아이를 키우고, 아이 키우기 위해 알게 된 책 읽는 방법에 대해서 나의 노하우를 써야겠다고 생각했다.

하지만 막막했다. 어떻게 책을 써야 하는지 도저히 감이 잡히지 않았다. 그래서 또 책을 읽었다. 문제가 생길 때마다. 책은 가장 손쉽게 그 해답을 찾을 수 있는 방법이다. 책 쓰기에 대해 나온 책은 내가 그 전에 미처 몰랐지만 세상에 차고 넘쳤다. 그렇게 많은 '책 쓰기 책'이 있는 것을 봤을 때 사람들이 책 쓰기에 많은 관심을 가지고 있다는 것을 알 수 있다. 나와 같은 사람이 많구나, 라고 생각하고 나는 책을 읽으면서 하나씩하나씩 습득했다. 책을 읽는 것은 이론을 터득하는 것이고 글을 쓰려면 직접 써봐야 한다고 생각했다. 하지만 글을 쓴다는 것은 쉬운 일이 아니다. 그 동안 너무나 글을 쓰지 않았기에 두렵기까지 하다. 책 쓰기 교재에 보면 최소 한 챕터에 A4 2장인데, 워드 파일로 2장을 채운다는 것은 까마득해 보이고 불가능해 보였다. 한 줄, 두 줄만 쓰면 더 이상 쓸 말이 떠오르지 않는다.

그렇게 남모르게 고민에 쌓였다. 남들은 다 잘하는 것처럼 느껴진다. 나만 나이가 먹어도 글쓰기 하나 못하는 바보처럼 자책했다. 하지만 분명히 인식해야 하는 것은 나 뿐 아니라 다른 사람들도 글쓰기에 있어서는 자신감 있게 할 수 있다고 말할 수 없다는 것이다. 조금만 생각해보면 알 수 있다. 하버드 대학에서의 공부 방식은 에세이 글쓰기식이다. 그래서 오랜 역사를 가진 글쓰기 프로그램 과정을 운영하고 있다. 글쓰기를 통해서 자신의 의사를 논리정연하게 명확히 표현하는 방식이 그들의 공부방식이다. 하지만 우리나라는 아니다. 글쓰기 과목자체가 있지도 않고, 과제 또한 글쓰기과제는 거의 없다. 최근에는 좀 바뀌는 분위기이지만 기본적으로 대입을 최고의 가치로 생각하는 교육과정 시스템이기 때문에 글쓰기에 집중하는 것은 쉽지 않다. 발표하는 시스템도 아니듯이 글 쓰는 시스템도 아닌 것이 우리 교육의 현실이다. 그러니 글쓰기에 긴장하는 마음이 생기는 것은 당연한 것이다.

결국 내가 선택한 방법은 필사였다. 지푸라기라도 잡는 심정으로 필사를 시작했다. 글은 써야만 하겠고, 내 머리로는 내 글을 쓰기에는 어렵고 해서 시작한 것이 필사였다. 필사는 남의 글을 쓰는 것이다. 남의 글이지만 필사를 통해서 나는 글이란 것을 쓰게 되었다. 그래서 본격적으로 내 인생 첫 책 《하루 한 권 독서법》 초고를 쓰기 시작하기 2달 전부터 나는 필사를 하기 시작했다. 매일 하루도 거르지 않고 필사를 했다. 필사하는 책도 작가의 첫 작품위주로 선택했다. 좀 더 쉬운 문구일 경우 괴리감을 덜 느낄 것이라는 나름의 계산에 의해서이다.

그렇게 필사를 하면서 나는 조금씩 변화되었다. 말을 잘하려면 말을 많이 해야 하고, 수영을 잘하려면 직접 수영을 자주 해야 하고, 자전거를 배우려면 자전거를 직접 타야하며, 영어회화를 잘 하려면, 직접 영어로 말해야 한다. 그것처럼, 글을 잘 쓰려면 글을 직접 써야 한다. 비록 남의 글이라도 글은 글이기에 나는 직접 글을 매일 쓰면서 나의 사고도 나의 손가락도 글 쓰는 것에 숙달되도록 했다. 머리로 내가 달성하고 싶은 기능에 먼저 익숙해져야 한다. 그림으로 그려지지 않은 것은 현실로도 되기 어렵다. 반대로 머리 안에서 그려진 것들은 언젠가는 현실이 된다.

내가 필사하는 방법을 말하자면, 나는 손으로 쓰지 않고 친다. 손으로 쓰는 것은 또 다른 노동이기 때문이다. 그래서 내가 추천하는 것은 노트북을 펴고 워드로 치는 것이다. 요즘 대부분 글을 쓸 때 워드로 쓴다. 그렇기 때문에 필사도 워드로 쓰는 것이 맞다, 고 생각한다. 에너지 소실도 예방하면서 실제 글 쓰는 느낌을 가질 수 있기 때문에 워드로 치기를 권한다. 그리고 매일 한 챕터씩 치는 것이다. 내가 좋아하는 책을 선택해도 좋고, 아니면 글쓰기를 시작하는 사람이라면 글쓰기에 대한 책을 필사 책으로 선택해도 좋다. 만약 글쓰기 책을 필사하게 되면 이론 공부가 된다. 아~ 글쓰기 서론-본론-결론 쓰는 방법은 이렇구나, 사례는 어떻게 찾고, 이렇게 넣어야 글이 풍성해지는 구나, 그리고 책 쓰기를 하려면 1꼭지를 써야하는데, 한 꼭지는 A4 2장이구나, 라는 것을 배울 수 있다. 그래서 일거양득이 된다. 글쓰기 이론을 스스로 익히면서 실습도 함께 하게 되는 것이다.

1일 한 꼭지씩 매일 쓴다면 여러 가지 효과가 나타난다. 이 효과를 안다면 필사는 글쓰기 직전에 있는 사람에게 아주 요긴한 방법임을 감지하게 될 것이다. 매일 한 꼭지씩 쓰면서 내가 얻은 효과는 다음과 같다.

첫째는 글쓰기에 대한 두려움을 없앨 수 있다.

두렵기 때문에 시도도 못하고 포기한 것들이 많다. 별것 아닌 것 같은데, 내가 해야 한다고 생각은 하고 있지만 하지 못하고 미루고 있는 대부분 이유가 어쩌면 마음 저변의 두려움일 수 있다. 나는 별거 아닌데도 이런 나를 느낀다. 이 세부에서는 매달 학비를 지불하러 가야한다. 은행계좌 이체시키는 것이 더 힘들다. 그래서 학교사무실을 매달 찾아가는데, 캐셔가 친절하지 않다. 인사도 제대로 하지 않는다. 그 사람이 갈 때마다 부담스럽다. 학비는 매달 7일전까지 내야하는데, 이 날짜를 넘기는 이유가 그 캐셔라는 것을 나중에 알게 되었다. 부담스럽고 두렵기까지 한 캐셔도 인해 나는 학비지불을 지체하고 소량이지만 벌금까지 내게 되었다.

어쩌면 글쓰기에도 이런 부담감과 두려움이 있을 것이다. 한국에서 공부한 사람이라면 누구나 가질 수 있다. 나도 이런 감정으로 인해 글쓰기라는 행동을 못하고 있었는데, 필사를 하면서 두려움을 벗어던질 수 있다. 매일 필사함으로써 어느 정도 탈 감작되는 것이다. 싫은 환경에 계속 자신을 노출시키다 보면 그것이 별거 아니 것처럼 여겨진다. 이것이 바로 탈 감작이다. 필사는 글쓰기의 두려움을 없애는 최고의 탈 감작 방법이다.

둘째는 쓰는 감이 생긴다.

글 쓰는 것도 처음에는 배운다. 혼자서도 배우고 돈을 주고 다른 사람한테도 배운다. 누군가의 도움을 받아 배우기도 하지만 필사 같은 경우는 혼자서 배우는 것이라 할 수 있다. 다른 사람 글을 직접 쓰면서 스스로 깨닫게 된다. 기본적으로 필요한 글쓰기의 구조, 서론-본론-결론을 또 감을 잡게 된다. 여기에 글 쓰는 책을 읽으면서 글쓰기 책으로 필사를 한다면 더욱 빠른 깨달음이 있을 것이다. 그것이 나의 글 쓰는 감으로 자리 잡아 글을 쓸 때 필사할 때 받은 느낌대로 쓰게 된다.

셋째는 쓰는 것이 습관이 된다.

매일 하는 것은 습관으로 자리 잡는다. 글쓰기를 습관으로 만들고 싶었지만 글쓰기 자체가 어려워 글을 시작하지 못하고, 쓰지도 못했다. 글을 못 썼기 때문에 습관 만들기에도 실패했다. 하지만 필사를 하면 우선은 글을 매일 쓸 수 있다. 나의 글이 아니라도 상관이 없다. 매일 글을 쓰는 것이 나의 일상이 되면 언젠가는 내 글을 쓰는 것도 시간문제이다. 글쓰기가 습관이 된다는 것은 전쟁터의 천군만마를 얻는 것과 같은 인생살이 무기가 되는 것이다. 이 무기가 얼마나 든든한 역할을 할지 모른다.

글쓰기라면 무조건 나의 글을 쓴다고 생각한다. 그것이 당연하다고 여긴다. 그것이 자존심 있는 행동이라 판단한다. 하지만 모든 위대한 창조물은 처음부터 위대하지 않았다. 모방에서부터 조금씩 새로운 창조물이 되고 결국 위대한 것으로 만들어진다. 필사의 진정한 모습을 깨닫자. 그리고 그것을 글 쓰는데 활용하자. 필사에 대한 선입견을 벗어버리고 필사로 글쓰기 습관을 만들자. 습관만 되면 글쓰기는 나의 든든한 삶의 지원군이 될 것이다. 그 날을 위해, 지금부터 필사로 글쓰기 시작하자.

새벽 1시간, 쓰는 시간으로 정해라

새벽 1시간, 쓰는 행동 자체가 당신을 글쓰기의 매력에 빠트릴 것이다. 새벽에 쓰면, 주변 환경은 나의 세계에서 사라지고 오로지 깊은 내면의 자아와 글만이 존재하게 된다. 초집중이 가능하고 자신의 깊은 곳에 존재하는 것들을 되살려 내어 필요한 만큼 글로 남긴다. 글쓰기는 나의 특별한 행복이 되고 일상이 된다.

새벽이란 시간은 나에게 어려웠다. 새벽은 재래시장이나 수산시장에서 장사하시는 분들에게나 존재한다고 생각했다. 그것도 TV을 통해서 알게 된 것이다. 그들이 새벽을 활용해서 남들보다 더 값진 시간들을 가진다는 생각은 못했다. 사람은 변한다. 상황에 따라 언제 어떻게 바뀔지 모르는 것이 사람인 것 같다. 나도 새벽을 활용하게 되었다. 그렇게 어렵게만 생각된 새벽시간, 알고 봤더니, 인생 성공과 성장의 실마리가 이 새벽에 숨겨져 있었다.

나는 독서를 시작하면서 새벽기상을 하게 되었다. 직장 맘이었던 나에게 책을 읽기 위해 찾은 시간이 새벽이었다. 지금은 너무나 감사하다. 독서를 하게 된 것도 감사한 일이지만 새벽을 알게 되었다는 것이 나 자신에게는 두고두고 감사할 일이 되었다. 왜냐하면 새벽시간의 놀라운 기적을 알게 되었기 때문이다. 새벽에는 많은 것들이 가능하다. 집중 독서뿐 아니라 글쓰기의 놀라운 발견과 함께 글쓰기에 대한 가치와 매력도 알게 된다. 또한 깊은 사고와 상상력, 아이디어가 만들어지기 때문에 새벽시간을 이용한다면 도전을 즐기게 되고 즐긴 만큼 삶 자체가 자신이 원하는 삶으로 변화되어 간다. 새벽시간을 활용해서 하나씩 경험해보기를 권한다. 우선 독서, 글쓰기를 새벽에 시작해보는 것이다.

새벽에 일어나는 습관부터 들여 보자. 새벽에 일어나야지 책도 읽을 수 있고 글도 쓸 수 있다. 새벽기상이 되지 않고는 새벽시간을 활용할 수 없다. 나는 아침에 눈을 뜨면 잠을 깨기 위해 두 발, 두 손을 들고 흔든다. 모양은 조금 이상하지만 불을 켜기 전에 하는 것이라 괜찮다. 또한 이 방법이 효과가 있다. 의학적으로 생각하더라도, 손끝, 발끝에 있는 혈액을 머리 쪽으로 보내는 행동인 만큼 뇌는 많은 양의 혈액을 공급받게 되어 각성이 될 것이다. 나의 전공이 간호이다 보니, 이럴 때 꼭 의학적인 것을 한 번씩 생각하게 된다. 배운 것은 어디로 가는 것이 아니고 평생 나와 함께 한다는 것이 맞는 말이다. 누워서 또 다른 운동을 시도해도 좋다. 손발을 흔들어 어느 정도 잠을 깼다면 두뇌를 더욱 각성시키기 위해 나는 하루 할 일을 생각한다. 오늘 할 일은 집세를 내러 은행에 가야하고, 아들을 위해 현재 뽀멜로 과일을 사야겠다, 라고 꼭 해야 할 일을 머리로 정한다. 현재 나는 필리핀 세부에서 세부 살이를 하고 있고, 우리가 가장 많이 맛나게 먹는 과일이 뽀멜로이다.

잠을 깬 시간은 하루가 시작된 시간이다. 이 시간이 아주 중요하다. 이 시간을 잘 활용하면 풀리지 않는 문제의 해결에 대한 아이디어도 쉽게 떠올릴 수도 있다. 실제로 이 시간에 고민하는 일들의 해결점을 자주 찾는다. 그래서 나는 이 시간대에 전 날 해결하지 못한 일이나 또는 내가 실천하고 있는 1꼭지 쓰기나 목차 만들기 비법들에 대해서 생각하는 시간으로 활용한다. 책을 한 권을 출간하고 여러 개의 원고를 완성했더라도 1꼭지쓰기와 목차 만들기는 여전히 내가 몸에 숙달해야할 일이다. 그래서 주로 잠을 깬 직후의 시간, 이제 곧 이부자리에서 일어나면 새벽 글쓰기를 해야 하는데, 글쓰기를 하기 직전 누어서 그런 것들을 생각하고 나름의 답을 찾거나 정리를 해본다. 이렇게 새벽은 뇌가 가장 왕성히 활동을 하는 시간이기 때문에 의외로 답을 많이 찾는다. 이 시간을 꼭 활용해보기를 추천한다.

새벽기상은 자신만의 방법을 사용해서 습관화해야 한다. 도저히 새벽시간 일어나기 불가능한 것처럼 어렵게 느껴진다면 다른 것의 도움을 받아야 한다. 돈을 들이는 것이다. 나는 새벽 운동 등록을 통해서 새벽기상 동기 부여받고 습관들이기 도움도 제대로 받았다. 돈을 들이면 아까운 생각이 들기 때문에 사람들은 일찍 일어나게 된다. 강적인 사람은 돈도 싫다, 잠이 최고이다, 라고 생각할 수도 있지만 대부분 2달, 3달 지나면 한 달에 반은 새벽기상 성공하게 된다. 또한 체크리스트를 나는 만들었다. 새벽에 일어날 때마다 기상 시간을 기록하는 것이다. 그것도 소소한 재미가 있다. 새벽기상 했다면 눈으로 보면서 성취감을 느끼고 그 성취감이 또 자극이 되어 새벽기상을 더 잘 하게 된다.

굳이 새벽에 글을 써야 하는가? 낮 시간도 많은데, 힘들게 새벽에 일어나서 글을 써야 하나요?, 라고 반문하고 싶을 것이다. 나는 확실히 말할 수 있다. 새벽에 하는 일은 어떤 일이라도 잘 하게 된다. 나는 독서한지 1년 뒤 새벽독서를 하기 시작했다. 도저히 읽을 시간을 낼 수가 없었다. 퇴근해서 저녁 먹고 아이들 좀 챙기면 밤 10시, 10시 되면 정말 파김치가 된다. 그 때는 손 하나 까딱하기 어려운 상황이 되는데, 어떻게 머리를 쓰면서 책을 읽을 수 있겠는가? 그래도 1년 동안 읽었으니 대단하다, 라고 스스로 생각한다. 도저히 피곤해서 읽을 수 없다는 상황이 왔을 때, 나는 새벽독서를 하게 되었다. 그리고 새벽에 책을 읽었다. 그야말로 독서의 차원이 달랐다. 바로 몰입독서가 되었다. 글쓰기도 마찬가지이다. 몰입독서처럼 초 집중 글쓰기가 된다는 것이다.

새벽에 글을 쓰면 무엇이 다를까? 새벽에 글을 쓰면 내가 쓰는 것이 아니다. 나의 의지가 쓰고자 해서 하나하나 글씨를 쓰는 것이 아니라, 나의 의지와 상관없이 손가락이 움직여진다. 과장 조금 보태서 실제 그렇다. 쓰는 속도가 빠르고 글의 문맥이 조화롭다. 물론 처음부터 이런 경험을 할 수 있는 것은 아니다. 하지만 새벽에 글을 쓰는 횟수가 많아질수록 이런 경험을 자주하게 될 것이다. 전업 작가도 아닌데 신기한 경험을 하고 '아~ 글은 새벽에 써야하는 구나.'라고 직감적으로 알게 된다. 밤에 쓰는 사람도 있다. 밤에는 사람이 감성적이 되기 때문에 감정적인 글이 될 가능성이 높다. 감성적인 글이 때론 부정적인 결과의 화근이 될 수 있다. 하지만 새벽의 글쓰기는 그렇지 않다. 아주 미래지향, 해결지향, 도전지향, 긍정적이고 진취적인 글이 된다.

그리고 가장 중요한 부분은 새벽에는 글이 쉽게 잘 써진다는 부분이다. 앞에서 잠깐 이야기했지만 손가락이 저절로 움직여진다는 경험을 여러 번 하게 된다. 낮에는 생각을 한 후에 머리로 정리해서 손가락으로 글을 쓴다면, 새벽에는 자판을 두드리는 것과 생각이 동시에 진행이 된다고 할 수 있다. 그렇기 때문에 글쓰기 시작하면 빠르게 A4 2장도 2장반도 채워 나간다. 이것의 이유를 생각해보았을 때, 아마도 집중력 때문일 것이다. 새벽에는 주변 환경이 조용하다. 연락 오는 곳도 없다. 오로지 나 자신만이 존재한다. 그렇기에 글쓰기를 시작하면서 쉽게 자신의 내면에 집중할 수 있다. 의식과 잠재의식이 함께 공존하는 시간이 된다. 잠재의식, 평상시 내가 인지하지 못한 부분까지 활용하여 글을 쓰게 된다. 깊은 내면의 목소리, 나 자신도 모르든 부분까지 글로 들어나게 된다. 내면의 소리를 쓰다 보니, 쓰면서 더욱 몰입하게 되고 그렇게 새벽 글쓰기는 몰입독서처럼 몰입 글쓰기가 된다. 몰입을 맛보는 행동은 나의 행복이 되고 일상으로 자리 잡게 된다.

새벽 1시간 글쓰기, 당신에게 글쓰기의 진정한 맛을 알게 할 것이다. 몰입 글쓰기, 매일 안하면 이상하다 생각할 것이다. 매일 글 쓰고 싶어진다. 그렇게 글쓰기를 통해서 자신의 모습을 찾아가라. 글쓰기는 자신의 주장과 메시지로 구성된다. 평상시 잘 드러나지 않았던 자기 깊은 내면의 목소리를 찾는 작업이 바로 글쓰기이다. 매일 새벽 최소 1시간, 나의 목소리를 찾는 글쓰기로 행복한 시간 만족스런 하루가 되길 바란다.

블로그로 쓰기 습관 굳혀라

요즘 사람들, SNS 활동 하나 정도는 하고 있다. 할아버지, 할머니들도 블로그며 페이스북, 인스타그램 등 젊은 사람들 못지않게 SNS활동을 열심히 하고 있다. 하지만 나는 재래시장이나 수산시장에서 장사하시는 분들에게나 존재한다고 생각했다. 이런 활동을 전혀 하지 않았다. 기계와 워낙 안 친하기도 했고, 또 무엇보다 관심이 없었다. 직장 다니고 아이들 키우기도 바쁜데, SNS활동이라니, 시도조차 하지 않았다. 하지만 지금은 SNS활동을 하고 있다. 다는 못하지만 블로그는 매일 포스팅을 하려한다. 책을 출간을 하면서 독자와의 만남 공간이 있어야겠다는 생각을 하게 되었다. 책도 자식과 같은 존재인데, 자식 자랑할 곳도 필요하다 생각했다. 그래서 현재는 다양한 주제로 글을 쓰고 있다. 나의 소소한 일상과 현재 필리핀 세부에 살고 있는 세부 살이 좌충우돌 적응 이야기며 다양한 주제로 나의 근황에 대해서도 글을 올린다. 그리고 독서법 작가이기에 책을 매개로 감동적인 문구와 나의 생각과 감상을 적는 포스팅도 빼지 않고 하고 있다.

　블로그에 포스팅 하는 좋은 문구는 한권의 책을 정해서 하고 있다. 천천히 읽으면서 글을 올린다. 나의 독서습관은 여러 책을 한꺼번에 읽는 것이다. 최소 3권을 항상 옆에 두고 있다. 하지만 3권을 동시에 포스팅하지는 않는다. 읽을 때는 기분에 따라서 3권 중에 하나를 골라 있지만 포스팅은 될 수 있으면 한 권을 정해 꾸준히 하려한다. 왜냐하면 이것 저것하면 집중력이 떨어지기 때문이다. 쓰는 사람도 읽는 사람도 마찬가지이다. 한 책, 특히 평상시 읽기 어려운 유명한 책이나 명저를 선택해서 읽고 포스팅한다. 블로그 포스팅을 전제로 읽기 때문에 좀 더 꼼꼼하게 되씹어가면서 읽을 수 있어서 좋다.

　나는 평상시 책을 빠르게 읽는다. 속독을 하는 것은 아니지만 느리게 읽는다고 더 잘 기억하고 더 많이 얻는 것이 아니라는 것을 알기 때문에 빠르게 핵심위주로 읽는다. 보통 가끔씩 독서하는 사람은 느리게 꼼꼼하게 읽는 방법만을 고집하는 경우가 많은데, 그렇게 해야지만 제대로 읽는다고 생각하기 때문이다. 나도 예전에는 그랬었다. 하지만 알고 있어야 할 것이 있다. 그렇게 읽는다고 더 많이 깨닫고 더 많이 기억하는 것은 아니라는 사실이다. 그렇게 시간을 보내느니, 차라리 빠르게 읽고 한 번 더 읽는 것이 깨달음과 기억 면에서 더 유리하다. 그래서 나는 책 한권을 읽겠다고 정했다면 빠르게 목차부터 해서 핵심위주로 3시간 만에 읽어나간다. 그리고 한 번 더 읽어야 할 만한 가치가 있다고 판단할 때 더 빠른 속도로 다시 읽는다. 그렇게 하면 반복의 효과에 의해 기억이 더 잘되고 그 책은 나의 삶으로 들어오게 된다.

　순수 독서가 목적인 독서는 빠르게 읽지만 포스팅을 전제로 한 독서는 깊이 읽으면서 시간제한을 두지 않는다. 내가 읽고 싶은 만큼만 읽는다. 이렇게 되면 한 문장을 읽고 포스팅 할 수도 있고, 한 문단, 한 쪽을 읽고도 포스팅을 하게 된다. 어떨 때는 한 문장을 읽고 사진 찍어서 올리고, 그 문장과 관련된 사진 검색해서 올려서 핵심 키워드 넣고 그리고 그 문장 다시 한 번 더 워드로 쳐서 입력하고 마지막에 나의 깨달음, 감상을 적으면 한 문장 읽었지만 긴 포스팅 글이 완성된다. 읽은 부분이 짧다고 해서 감상도 짧게 쓰라는 법이 없다. 읽는 문구 자체가 글감이 되는 것이다. 그런 식으로 포스팅 글쓰기를 하다보면 사진도 있고 해서 단조롭지 않고 그럴싸하게 보여서 스스로 만족감도 생긴다. 쓰고 났을 때 일반 워드에서 글 쓰는 것보다는 더욱 재미를 느낀다고 할까? 그래서 글쓰기 습관들일 때 이런 포스팅 글쓰기로 하면 쉽게 습관을 들일 수 있다.

물론 워드에 치는 글과 블로그 포스팅 글은 다르다. 가장 큰 차이점이라고 하면 포스팅 글은 길지 않고 짧게 중앙정렬로 쓰는 것이다. 긴 글을 쓰는 사람은 포스팅 글쓰기가 어색할 것이다. 나도 처음에 그랬다. 책을 출간하고 나서 블로그를 했기에 나는 긴 글쓰기에 익숙하다. 그래서 긴 글은 쓰겠는데, 포스팅으로 글쓰기는 좀 이상했다. 하지만 시간이 지나면서 적응이 된다. 워드에서 쓸 때는 이렇게, 블로그에서 쓸 때는 이렇게, 라고 구분이 생긴다. 어떤 책자에 이런 내용이 있었다. 블로그 글쓰기에 익숙한 사람은 긴 글을 쓰기 어렵다. 이 말도 어느 정도 공감이 간다. 블로그 글은 다소 짧은 글이 많기 때문에 긴 호흡으로 긴 글을 쓰기에 어렵다는 의미일 것이다. 하지만 이것도 노력하기에 따라 충분히 극복할 수 있다. 나는 워드로 치는 것에 비중을 많이 두고 블로그 포스팅은 그야말로 간단하게 하는 것으로 생각하니, 매일 같이 해도, 이 두 가지 글쓰기가 내 안에서 충돌하지는 않는다.

독서 후 블로그 포스팅을 하면 좋은 점이 여러 가지가 있다. 블로그 포스팅을 독서 후 활동으로 하는 것이다. 책도 읽고 글도 쓰게 되기 때문에 두 가지의 효과를 본다. 내가 처음 블로그 포스팅을 시작할 때는 작가이고 블로그 활동이 필요하기 때문에 시작하게 되었다. 작가로서 공유하기 위해서이다. 하지만 어떤 주제로 포스팅을 매일 할 수 있을까 고민이 되었다. 그래서 생각하게 된 것이 책을 읽고 감상을 적는 것으로 하자, 라는 아이디어를 생각하게 되었다. 책은 무궁무진하다. 평상시 책은 매일 읽으니까 읽은 내용 중에서 하나 골라 포스팅하는 것은 글감이 메마르지 않으면서 유익한 글이 된다고 생각했다. 나의 생각은 맞았다. 읽고 블로그에 쓰고 독후 활동하듯이 매일 했다. 그렇게 하다 보니 미처 생각하지 못한 효과까지 있다는 것을 알게 되었다. 내가 체험한 독서 후 블로그 포스팅의 효과는 다음과 같다.

우선은 읽은 책의 문구가 잘 기억되었다.

읽은 문구를 포스팅 하는 것은 여러 번 반복 기억하는 것과 같았다. 포스팅하는 과정을 간단히 다시 설명하자면 읽은 문구중 감동적인 문구를 발견하면 일단 스마트 폰에서 블로그 앱으로 들어가 글쓰기에서 사진을 찍는다. 사진을 등록을 하면 글쓰기화면에 임시 저장된다. 그리고 글만 있으면 밋밋하니까 다시 문구의 키워드와 맞는 그림 사진을 검색해서 문구위에 저장한다. 그렇게 임시저장을 해놓고, 시간 있을 때 워드치기가 편안한 노트북으로 가서 블로그 앱에서 임시 저장한 그 문구를 찾아 글을 쓴다. 블로그 앱 프로그램이 너무나 잘 되어 있어 거기에서 사진도 찍고 그림사진도 검색할 수 있고 다양한 기능을 이용할 수 있어, 글쓰기에는 최상의 공간이다. 페이스북, 인스타그램에 비해 블로그는 긴 글을 쓸 수 있는 곳으로 글 쓰는 사람에게 추천하고 싶다.

둘째는 블로그를 포스팅하면서 더 읽고 쓰게 되었다.

대부분의 파워 블로그들은 1일 1포스팅을 강조한다. 블로그가 어느 정도 인기를 유지하려면 여러 측정 기준이 있는데, 1일 1포스팅도 평가에서 유리한 입지를 얻을 수 있다고 한다. 그래서 1일 1포스팅을 목표로 하게 되는데, 나 또한 1일 1포스팅을 목표로 세웠다. 1일 1포스팅의 최고의 장점은 매일 읽고 쓰게 된다는 것이다. 매일 하는 것, 즉 반복의 강력한 힘을 여기에서 얻을 수 있다. 그렇게 한 문장이라도 읽게 되고, 그것을 가지고 글을 매일 쓸 수 있다.

셋째는 글쓰기가 습관이 되었다.

100보도 한 보부터 시작이다. 한 보가 없으면 100보도 없다. 매일 1일 1포스팅을 하다보면 독서의 효과는 물론 글쓰기의 효과도 체험하게 된다. 짧은 호흡일지라도 매일 글 쓴다는 자체는 매우 중요하다. 매일 쓰면서 쓰는 것에 나름의 노하우가 생기면서 실력도 좋아진다. 무엇보다 매일 글 쓰는 습관이 생긴다는 것은 가장 큰 소득일 것이다.

새로운 일을 시작한다는 것은 굉장히 힘든 일이다. 특히 블로그라니, 기계와 친하지 않는 사람이라면 그냥 피하고 싶을 것이다. 하지만 해보면 의외로 어렵지 않다는 것을 알게 된다. 블로그나, 기타 SNS활동도 그 동안 자신의 거부하는 마음 때문에 못했을 뿐이다. 블로그로 글쓰기 습관을 확실히 들일 수 있다. 읽고 읽은 것을 비빌 언덕으로 해서 글쓰기를 해보자. 자신의 감상을 쉬운 표현으로 적으면 된다. 거기에 책의 문구도 사진 찍어 이웃들에게 공유할 수 있다. 워드에서 쓰는 글보다 블로그에서 쓰는 글이 쓰고 나면 더 그럴싸하게 보이고 만족스럽다. 글쓰기 초보일수록 블로그로 좀 더 쉽게 글쓰기에 다가갈 수 있다. 1일 1포스팅하면서 매일 읽고 쓰자. 그렇게 확실하게 글쓰기를 내 삶의 귀한 습관으로 자리매김하길 바란다.

제5장

쓰는 대로 우리는 살아간다

많이 쓰는 것, 무조건 쓰는 것이 답이다

글쓰기를 나의 삶으로 끌어들이는 것은 아주 멋진 일이다. 글쓰기를 통해서 삶이 긍정적으로 변화될 가능성이 높기 때문이다. 나는 글을 쓰기 전과 글을 쓰고 난후 지금, 많은 변화를 느끼고 있다. 이런 글쓰기를 나의 삶으로 끌어들이기 위한 가장 좋은 방법은 일정한 시간을 정해두고 무조건 쓰는 것이다.

몇 일전, 인생 첫 책을 쓰면서 알게 된 K작가님으로부터 메시지가 왔다.

"작가님, 유튜브 영상 찍으신 거 잘 봤어요. 네빌 고다드 책에 저도 관심이 많은데, 작가님이 그 책으로 영상을 찍으셔서 반가웠어요."

메시지를 받고 '어? 내가 네빌 고다드 영상을 찍었었나?', 라고 순간 생각했다. 이 곳 필리핀 세부를 오기 전에 유튜브 영상을 많이 올렸다. 주로 책을 읽고 그 책의 좋은 문구를 공유하고 나의 느낌과 생활에 적용할 것을 이야기하는 식으로 촬영했다. 블로그 글을 쓰듯이 영상도 그렇게 촬영하고 유튜브에 올렸다. 그런데 네빌 고다드는 생각이 나지 않았다. 그래서 인터넷에 들어가 찾아보았다. 있었다. 작년 내가 찍은 네빌 고다드에 대한 영상들이 있었다. 나는 K작가님에게 답을 주었다. 내가 영상을 찍었지만 잊어버리고 있었던 유튜브 영상을 보시고 나에게 카톡을 준 K 작가님이 고마웠다. 이렇게 또 영상으로 인해 연락하게 되고 유튜브에 올린 영상들이 또 사람을 계속 만나게 하는구나, 라는 생각이 들었다.

작년 유튜브를 찍을 때 나는 유튜브에 대한 특별한 지식이 없었다. 그냥 단순하게 영상을 만들었다. 항상 휴대하는 스마트 폰으로 찍었다. 찍다보니 마이크가 필요하다는 사실을 알게 되었고, 그래서 대형마트에서 쉽게 마이크를 구매해서 영상을 찍었다. 영상을 찍기 위한 자료도 블로그였다. 왜냐하면 블로그 포스팅하는 방식이 책을 읽고 감동 문구를 공유하고 나의 감상을 적는 것인데 기존 내가 유튜브 찍는 방식과 같았다. 또 영상 찍은 것을 다시 블로그에도 올렸다. 하다 보니 나름의 노하우가 생겼다.

영상을 찍으면서 알게 된 사실은 이것이 말하는 연습이 된다는 것이다. 처음에 영상을 찍은 이유는 책의 좋은 문구와 나의 감상을 공유하기 위함이었다. 좋은 것을 조금이라도 남들과 나누고자 하는 목적이 전부였다. 하지만 그것이 나에게도 도움이 많이 된다는 사실을 알게 되었다. 우선 말을 하는 것이기에 말하는 연습이 되었다. 물론 대중 앞에 나서서 하는 말 연습은 아니지만, 그래도 말을 조리 있게 하는 연습이 됨으로써 강사로서의 역량을 키우는데 좋은 수단이 된다. 또한 옷에도 점점 신경을 쓰게 된다. 옷 뿐 아니라 얼굴 메이크업에도 어떻게 해야 할까 하는 생각을 해보기도 한다. 만약 강사의 꿈을 가지고 있는 사람이라면 유튜브로 얼마든지 기본 역량은 쌓을 수 있다는 판단이 들었다. 꼭 강사가 꿈이 아니라도 남 앞에 나서서 말하는 것이 어렵다거나, 말하는 것과 관련해서 남모를 고민이 있을 경우, 유튜브에 영상을 올린다면 비싼 돈 내지 않고도 고민을 극복할 수 있지 않을 까 생각했다.

한국에 있었다면 나는 매일 영상 찍고 유튜브에 올리고 이 작업을 게을리 하지 않았을 것 같다. 유튜브 영상을 통해서 말하는 기술을 나의 몸에 확실히 체화하기 위해 나는 매일 찍고, 또 찍고 했을 것 같다. 하지만 안타깝게도 현재는 하지 못하고 있다. 필리핀 세부에서 와이파이 상황이 좋지 않아 작년 이후 영상 촬영을 하지 못하고 있다. 한국으로 돌아간다면 다시 나는 영상을 찍고 유튜브에 올릴 것이다. 남들도 좋고 무엇보다 내가 메신저로서의 역량도 키울 수 있기 때문에 마다할 이유가 없는 것이다. 투자 대비 얻는 것이 크기 때문에 다른 사람에게도 권하고 있다.

글쓰기 또한 나는 매일 하면서 확실히 나의 일상으로 만들기 위해 지금도 노력하고 있다. 책 한권 출간했다고 쓰기의 달인이 되는 것은 아니다. 어느 작가는 7권의 책을 출간하니, 겨우 책 쓰기가 좀 자연스러워 졌다고 이야기했다. 책 7권 이것을 시간으로 따지면 1년에 1권씩 출간이라고 했을 때 7년이다. 7년 동안 매일 글을 써야지만 글 쓰는 것이 익숙해져서 책 쓰는 것도 좀 쉬워진다는 이야기이다. 글을 쓸 때 시간을 생각하지 말자. 짧게도 길게도 중요하지 않다. 매일 쓴다는 자체가 중요한 것이다. 하루 24시간 중에서 글쓰기 하루 1시간, 1시간 30분이라도 한다는 생각을 가지고 글을 써 보도록 하자. 그 시간이 어렵다면 더 짧은 시간이라도 쓰자. 쓰는 것이 중요하다.

이렇듯 글쓰기를 나의 삶으로 나의 것으로 만들려는 이유는 글쓰기만큼 나의 삶을 멋지고 행복하게 변화시키는 것도 드물기 때문이다. 매일 글을 쓰면서 글 쓰는 방법을 스스로 터득하려고 노력하자. 매일 쓰지만 쓸 때마다 어렵다. 어떻게 쓰면 읽는 입장에서 잘 이해되고 재미있을까?, 그 구조는 어떻게 해야 할까? 생각한다. 가끔씩 떠오르는 비법의 아이디어가 있다면 파일을 바꾸어 책 쓰기 일기장에 기록도 해둔다. 이렇게 쓰기를 하고 노력하는 것은 앞으로, 나의 삶은 글쓰기를 하는 삶이 되게 하기 위함이다.

글쓰기를 통해 나의 모든 것들이 책으로 만들어 지길 원한다. 세부 살이의 이야기도 나의 생각의 변화들도, 그 무엇도 그 누군가에게는 도움이 될 수 있다고 나는 확신한다. 내가 육아선배의 책을 200권 이상 읽으면서 나의 육아에 참고했고, 그렇게 도움을 받아 아이들을 키웠듯이 내가 쓰는 책 또한 다른 사람에겐 작게라도 도움이 될 것이라 여긴다. 또한 그 책이 나의 아들, 딸이 크고 난 뒤 세상살이를 할 때 엄마의 경험과 노하우를 활용해서 좀 더 지혜롭게 사는데 보탬이 되게 하고자 한다. 글을 쓰는 과정자체도 행복이지만 글을 쓰고 그것이 한 권의 책이 되어 사람들에게 좋은 영향을 줄 수 있다는 점 자체가 행복감을 느끼게 한다.

글을 쓰면서 나는 매일 원고를 완성해간다. 매일 하루 1꼭지 쓰기가 목표이다. 최근 책을 읽다가 '목표'에 대해서 새로운 발견을 하게 되었다. 이케다 타카마사의 《미래기억》에 나오는 한 구절이다. 목표는 미래를 바꾸는 것이 아니라 당신의 감정에 변화를 일으켜 지금 현재를 바꿔 주는 것입니다, 라는 멋진 문구를 접했다. 목표에 대해서 항상 나의 미래를 생각했을 뿐인데, 그 목표가 미래가 아닌 현재를 위해 필요하다는 것, 현재를 바꾸기 위한 것이란 사실을 100%공감하게 되었다. 왜 진작 그런 시각을 가지지 못했을까? 생각하면서 내가 세운 하루 목표, "매일 1꼭지 쓰기"가 현재 이 시점에서 나를 매일 쓰게 하고 무조건 쓰게 만든다는 사실을 깊이 인식하게 되었다.

글쓰기만큼 삶을 변화시키는 것은 없다. 글쓰기를 할 환경이 주어지지 않아서 글쓰기 효과를 느낄 겨를도 없이 글쓰기를 포기한 사람들이 안타까울 따름이다. 지금이라도 시작하면 늦지 않는다. 글쓰기로 인해 얼마나 행복할 수 있고 얼마나 멋진 인생이 펼쳐지는지 쓰면서 느껴보시길 바란다. 하루에 1시간씩 쓴다는 목표를 세워보자. 아니면 그보다 적은 시간도 좋다. 당신의 하루를 글 쓰는 하루로 만들어라. 목표가 현재를 바꾼다고 하는 말을 가슴에 품고 매일 나는 글을 쓰겠다, 라고 다짐해보자. 글쓰기가 나의 삶을 멋지고 행복하게 만들고, 그 글쓰기의 결과물이 나의 자식과 이웃들에게 세상살이 해결법을 제시한다. 얼마나 멋진 삶인가, 글쓰기는 무조건 나의 삶이 되게 해야 한다. 방법은 하나~! 복잡하게 고민하지 말고, 글쓰기가 나의 삶이 되게 하는 것은 많이 쓰고 무조건 쓰는 것뿐이다.

완벽하지 않아도 된다

내 인생 첫 책을 쓸 때 함께 책 쓰기를 시작한 사람들이 있었다. 일부 사람은 원고를 완성해서 출간을 했고, 일부 사람은 원고를 완성하지 못해 출간을 못 했다. 왜 어떤 사람은 원고를 완성하고 또, 어떤 사람은 원고를 완성하지 못하는 것일까? 그 이유는 무엇일까? 의외로 답은 간단하다. 글 쓰는 사람의 성향의 영향이 크다. 그 성향을 무시 못 한다는 것이다. 실력의 차이가 아니다. 쓰는 사람의 성향이 원고완성에 큰 영향을 미친다. 완벽한 성향인 사람이라면 완벽하지 않은 사람에 비해 끝까지 완성하지 못하고 스스로 포기할 가능성이 더 있다.

책 쓰기처럼 어떤 글쓰기에서도 완벽하게 쓰려는 성향이 글쓰기의 발목을 잡는다. 처음에는 여유로운 마음으로 시작해야 한다. 모든 일들이 그렇듯이 글쓰기도 그렇다. 평상시 성격이 완벽하다 하더라도 글쓰기에서만은 예외로 자신을 좀 바꾸어야 한다. 완벽성은 초고를 완성하고 난 이후에 추구해도 된다.

내가 책 쓰기 할 때 정말 글을 잘 써서 칭찬을 받은 사람이 있었다. 하지만 그녀는 책을 출간하지 못했다. 사람들의 감탄을 자아냈던 그녀의 글쓰기 실력이 왜 책으로 이어지지 못했을까? 지금도 너무나 안타깝다. 원고 하나를 완성하려면 40꼭지정도가 있어야 한다. 꼭지는 소주제, 챕터라고 생각하면 된다. 40개의 글이 있어야 하는데, 그녀는 20개 정도 쓰고 나머지를 완성하지 못했다. 너무나 꼼꼼하게, 자신의 성향대로 1꼭지 1꼭지마다 정성을 담아 썼고, 또 마음에 들게 고치고 또 고치는 작업을 동시에 했다. 그러다 보니, 나머지까지 쓸 에너지가 부족했다. 끝까지 쓰지를 못한 것이다. 글 쓸 때는 뒤돌아보면 안 된다. 돌아보면 그 글에서 다음 써야 할 글로 옮겨갈 수 없다. 사람마음이 그렇다.

그래서 자기가 다 쓴 글을 자꾸 보고 싶어진다면, 글을 다 쓰자마자 노트북을 덮는 것이 좋다. 자신의 성향을 객관적으로 볼 수 있어야 한다. 조금 완벽하게 하려는 경향이 있다면 글 쓸 때도 마찬가지로 그 성향대로 완벽히 쓰려고 할 것이다. 그러니, 미연에 쓴 글 뒤돌아보지 않기 위해 나름의 전략을 세우는 것이 좋다. 모든 글을 다 쓸 때까지 뒤로 가지 말고 앞으로만 간다고 생각해야 한다. 책 쓰기라면 무조건 목차의 꼭지 수만큼 먼저 쓴다, 라는 각오로 1꼭지에 너무 목메지 않겠다는 생각으로 마지막 꼭지 글까지 써내려 가야한다. 다 쓰고 나서는 바로 노트북을 덮든지, 아니면 자리에서 일어나든지, 내가 쓴 글의 처음으로 되돌아가지 않는 것이다.

만약 그녀도 그렇게 했더라면 지금 그녀의 멋진 글들을 읽을 수 있을 텐데, 아쉬움이 남는다. 지금 어느 곳에 무엇을 하고 지내는지 모르지만 그녀의 이야기를 꼭 책으로 만나고 싶다. 원고완성만 한다면 그녀의 책은 좋은 출판사를 만나 훌륭한 책으로 출간되고 많은 독자로부터 사랑을 받을 것이란 믿음이 있다.

완벽한 성향이 나는 좋다고 생각했다. 왜냐하면 내가 완벽한 성향이 아니기 때문이다. 나는 전체를 보고 움직이는 경향이 있다. 세세한 부분에는 상대적으로 약하다. 그래서 오히려 이런 성향이기에 A4 2장을 채워야 완성되는 1꼭지 글쓰기를 빠르게 할 수 있었다. 지금은 마음만 제대로 먹는다면 1시간 만에도 A4 2장을 완성한다. 그리고 40꼭지 전후인 책 한권 분량도 빠르게 완성한다. 마음먹기에 따라 20일 이내로 초고 하나를 완성한다. 남들은 이상하게 느낄 수 있다. 어떻게 책 한권 분량원고를 한 달도 안 되어 완성한다는 말이야?, 내용이 부실한 것 아니냐? 그렇게 의심할 수도 있을 거라 생각한다. 하지만 그렇지 않다. 빠름의 또 다른 의미는 몰입이 가능했다는 것이다. 오히려 뒤돌아보지 않고 빠르게 글을 쓰다보면 몰입상태가 잘 되고 깊은 내면에서 가져온 갖가지 생각, 아이디어, 사례들로 글 자체가 일관성이 있게 쓰여 진다. 완벽한 글에 대한 욕심을 조금 내려놓으면 맥락이 하나로 잘 통일 된 진정성 있는 글을 쓸 수 있다.

내가 완벽한 성향이었다면 못했을 또 다른 일이 있다. 현재 나는 필리핀 세부에서 아이 둘과 함께 살고 있다. 잠시 세부 살이 하러 왔다. 이 곳에서 1년 이상 지내다 보니, 어느 정도 '세부'라는 지역의 상황을 알게 되었다. 여기는 정확히 세부 옆에 있는 섬, 막탄이란 곳이다. 이곳에 공항이 있고, 리조트가 많이 있다. 쉽게 말해서 관광지이다. 관광지이면서 공항이 가까워 사람이 많다보니, 어학원도 많이 있다. 우연히 아파트 구경을 갔다가 나는 마음에 드는 아파트를 알게 되었다. 가격도 한국에 비해 아주 저렴했다. 그래서 구매를 고민 했다.

필리핀에 아파트를 구매하는 것은 왠지 불안한 마음도 있지만 나는 모험을 해보기로 했다. 왜냐하면 부동산에 대한 지식은 많지 않지만 느낌상, 손해는 안 볼 것 같다는 생각이 들었기 때문이다. 구매한 아파트를 세를 준다면 현재 세부 살이 하면서 생활비중 가장 많은 부분을 차지하는 주거비에 보탬이 될 것이다. 또한 장기적으로 봤을 때도 이 곳 막탄이란 곳이 발전 가능성도 크다고 판단했다. 지금도 여기 저기, 건물이 들어서고 있다. 집 구매가 쉬운 일이 아니지만 나의 판단을 믿기로 했다. 세세한 것에 집중하기보다 전체의 그림을 그리면서 과감히 도전을 한 것이다.

글을 쓸 때도 이렇게 세세한 완벽함은 뒤로 하고 전체를 보면서 해야 한다. 글 하나 하나 따지면 자꾸 자신감이 줄어든다. 한국문화가 쓰는 문화가 아니었기에 누구나 쓰는 일에는 배워나가야 할 부분이 많다. 그럼에도 불구하고 쓴 시간들에 비해 더 많이 노력해야 함을 잠시 망각하고 자꾸 자신의 글을 돌이켜 생각한다. 만약 책 쓰기를 위한 글쓰기라면 그렇게 1꼭지에서 완벽을 기하다 보면 나머지 39꼭지 쓰기가 너무나 힘들어진다. 평상시 긴 글을 쓰는 일이라면 그 글쓰기가 피하고 싶은 일이 될 수도 있다. 이 모든 것이 내 글에 너무 엄한 잣대를 되고 완벽하려 하기 때문에 벌어진 불상사인 것이다.

완벽함을 글 자체에 적용하지 말고 매일 하루도 빠짐없이 쓰는 것에 적용하자. 쓴 글에 대해 완벽하고자 하면 완벽하고자 할수록 글을 쓰지 않게 될 것이다. 그렇게 해서는 글을 나의 필살기로, 나의 삶을 업그레이드 시키는 수단으로 만들 수 없다. 글 자체는 못써도 된다고 생각하자. 처음 쓴 글은 쓰레기 같은 수준이어도 괜찮다고 마음 편히 생각하자. 그리고 처음부터 끝까지 다 마무리되고 난 후 다시 수정한다는 마음을 가져야 한다. 중간에 되돌아보아서는 안 된다. 정 완벽함을 포기할 수 없다면 글 자체가 아닌 자주 쓰는 것에 완벽함을 추구하자. 쓰레기 같은 글이라도 매일 쓰는 것이 중요하니, 하루도 거르지 않고 매일 쓰겠다, 라고 완벽의 타깃을 바꾸자.

내가 쓴 글 자체에 대해 완벽을 추구하면 글쓰기 힘들어진다. 글 쓸 때는 글을 완벽하게 쓰기보다 빠지지 않고 쓰는데, 더 집중하는 것이 중요하다. 글 쓰는 재주를 타고 난 사람일지라도 어느 정도 연습량이 쌓이기 전까지는 타고난 글 쓰는 재주를 발휘하기 어렵다. 그 연습량이 차야 한다. 그 연습량을 채우기 위해서는 무조건 써야 한다. 완벽성은 어느 정도 글을 쓰고 난 뒤의 문제이다. 타고 나지 않은 사람이라면 연습량이 조금 더 필요하겠다. 완벽한 성향의 소유자라고 하더라도 글쓰기에 있어서는 잠시 그 완벽성을 내려놓지 않으면 좋은 결과물을 얻기 어렵다. 배고플 때 밥 달라는 어린 아이마냥 본능에 충실하게 쓰자. 어느 정도 글이 익숙해지고 만만해질 때까지 완벽이란 성향은 잠시 옆으로 던져놓고 그냥 쓰자. 그래야 글쓰기 나의 삶이 된다.

원하는 삶이 있다면 글부터 써라

나는 새로운 것을 배우기 전에 책부터 찾아보는 습관이 있다. 세상에 책은 많고, 그 책에는 내가 알고 싶은 모든 것이 자세히 나와 있기 때문이다. 원하는 것을 알기 위해서 주문한 책은 나에게 요긴한 배움의 수단이자 원하는 삶을 이루는 도구가 된다. 하지만 책을 읽는 것뿐 아니라 글을 쓰는 것 자체도 독서 못지않게 내가 원하는 삶을 살게 한다. 나는 그 사실을 뒤늦게 발견하게 되었다.

결혼하기 전이었다. 누군가가 골프가 그렇게 재미있다고 하면서 나에게 권했다. 나는 운동을 좋아하지만 골프는 접할 기회가 없었다. 사실 나는 운동 중에서 공으로 하는 운동은 다 해보았다. 달리기와 같은 육상운동과 달리 나의 적성에도 맞았다. 테니스, 탁구, 볼링, 배구, 기타 등……. 조금씩 배우고 즐겼다. 골프도 공으로 하는 운동인데, 유독 골프만은 관심이 없었다. 왜냐하면 아직 골프가 우리나라에서는 고가의 스포츠였다고 생각했기 때문이다. 필드를 한 번 나가는데도 적지 않은 돈이 드는 것을 들었다. 그리고 가장 꺼려한 이유는 골프가 시간이 많이 소요된다는 것이다. 골프는 혼자서 치는 것도 아니고 여럿이 어울려서 쳐야하기 때문에 골프가 끝난 뒤에도 같이 어울리는 시간이 자연스럽게 있게 될 것이다. 이래저래 나는 골프에 흥미가 없었다. 하지만 지인의 소개로 조금씩 관심을 가지게 되었다.

그래서 나는 골프 책을 주문했다. 골프에 대해 먼저 책으로 공부하기 위해서이다. 골프를 어떻게 하는 것인지, 채는 어떤 것을 사용해야 하며, 골프채를 잡는 방법은 어떤 것인지 읽어 보았다. 책으로 골프에 대해 알고 난 뒤 한두 번 실내체육관에서 배워볼 마음이 있었기에 책을 읽었다. 책에는 골프에 대한 기초부터 해서 자세히 잘 나와 있었다. 주로 기술적인 부분에 대한 정보중심으로 쓰여 있었다. 골프에 문외한인 나에게 조금 이해가 안가는 부분도 있지만 여러 번 반복해서 읽다 보니, 이해가 되었다.

새벽수영등록을 했을 때도 나는 수영 책을 구매했다. 목적이 새벽기상이지만 그래도 수영을 등록했으니 수영을 배우게 된다고 생각했고, 그래서 책을 구매해서 영법을 읽어 보았다. 읽을 때는 잘 모르는 내용이 태반이다. 하지만 수영장에서는 그 읽은 것들이 생각이 난다. 알게 모르게 뇌에 수영책의 정보들이 저장이 되었던 것이다. 이렇게 책은 내가 원하는 것을 배우고, 원하는 것을 얻기 위해 아주 유용한 도구가 된다.

글쓰기 또한 내가 원하는 삶을 살 수 있는 강력한 도구가 됨을 알게 되었다.

나는 대학 때 일기를 썼었다. 기숙사생활을 하다 보니, 자연스럽게 나의 감정을 풀 수 있는 곳을 찾아 일기쓰기를 하게 되었다. 자유로운 대학이라면 사람들을 자유롭게 만나고 대화도 원할 때 나눌 수 있겠지만 나에게는 지켜야할 기숙사 규율이 있었고 그 규율로 인해 그런 자유로움에 제약을 받았다. 그래서 선택한 것이 일기 쓰기였다.

일기쓰기는 다양한 효과가 있었다. 일기장은 닫혀 있는 생활의 답답함을 풀어내는 공간이 되기도 했고, 내가 하고 싶고, 되고 싶고, 만나 싶고, 기타 등등, 내가 원하는 것을 표현하는 곳이 되었다. 머리에 생각만 가지고 있는 것과 글로 표현한 것의 차이는 컸다. 잘 써든 못 써든 그것은 중요하지 않다. 말로 혹은 글로 표현 된 소망은 세상 밖으로 나와 씨앗이 되는 것이다. 이것이 표현의 힘일 것이다. 일기를 통해서 내가 하고 싶은 것들에 대한 열망을 더욱 키울 수 있었고, 그 당시 꿈이라기보다 소소한 목표 달성에 있어서 일기라는 수단을 사용해서 나는 그것을 현실로 만들었다.

일기뿐만 아니라 모든 글에는 미래를 만들어 가는 효과가 있다. 내가 정말 원하는 삶이 있다면 그것을 글로 계획도 세우고 실천의 각오도 쓰면서 조금씩 원하는 것들을 나의 것으로 만들 수가 있다.

나는 인생 첫 책을 출간하기 위해 초고를 쓸 당시에는 출간에 대한 확신이 없었다. 출간이라는 목표가 현실이 될지 안 될지 의심스러웠다. 쉽게 말해서 한 번도 해보지 않았기 때문에 자신감이 없었다. 인생 첫 책 출간의 확신도 믿음도 약했다. 하지만 글을 써가면서 나는 변화해갔다. 글의 내용에 나의 소망을 담아내면서 인생 첫 책은 당연한 나의 미래라는 자신감을 가지게 되었다. 이런 변화는 자연스럽게 찾아왔다. 아마도 글쓰기의 효과라고 생각할 수밖에 없다.

그 동안 독서를 하면서 특별히 느낀 것이 있다면 새벽시간의 가치이다. 새벽의 특별함을 나는 몸소 느끼면서 세상의 성공한 사람들이 새벽을 활용하는 이유를 알게 되었다. 새벽을 활용했기에 그들은 성공하지 않았을까 라는 신념을 가진다. 새벽에는 아이디어가 많이 생긴다. 그 들은 그 아이디어로 부와 성공을 성취할 수 있었다. 새벽시간을 활용하면 새벽의 창조적 기운에 나의 머릿속에서도 빅뱅현상이 일어난다. 나 자신에게 가장 필요한 것들에 대한 아이디어들로 나는 도전을 하고 그것은 새로운 배움으로 나의 삶이 된다.

또 하나 생활에서 글쓰기를 습관화해서 쓰는 것을 나의 필살기로 만들기 위해 나는 포스팅 독서법이란 원고를 썼다. 물론 실제 내가 하는 책 읽고 블로그에 쓰는 방식을 알려주고 그것의 효과를 함께 나누고자 하는 뜻이 더 크다. 하지만 부수적으로 나 스스로 그렇게 평생 실천하기 위함이다.

나는 내 인생 첫 책, 《하루 한권독서법》으로 작가의 세계에 들어섰다. 현재는 독서법만을 주제로 쓰지 않는다. 나의 생활 전반적인 부분을 주제로 쓰고 있다. 내가 그렇게 살아보니, 가치 있고 의미 있는 주제들을 글로 쓰고 있다. 이렇게 함으로써 내가 경험한 것을 공유함은 물론 개인적으로는 그것을 더욱 나의 삶으로 굳히게 위해서이다. 책읽기, 새벽시간 활용, 포스팅 독서법이 평생 내가 소유해야 할 가치 있는 활동이라 생각하여 책으로 나의 스토리를 썼다. 내가 쓴 글들은 나에게 평생 영향을 미칠 것이라 생각한다. 책으로 출간된다면 그 출간된 책들이 스스로 삶의 평가 기준이 될 것이다. 책을 쓴 대로 나는 그것대로 살기 위해 노력할 것이고 노력한 만큼 내가 원하는 삶을 살게 된다.

만약 책 쓰기를 한다면 초고 시작 날과 초고 완성 날을 선포 하라고 권한다. 이렇게 선포하는 것이 초고를 완성하는데 도움이 많이 된다는 것이다. 가족에게는 반드시 선포하고 이웃에게, 친구에게도 선포한다. 나 같은 경우에는 처음에 블로그에 선포했다. 선포를 하게 되면 그 선포대로 글을 쓰려고 노력한다. 결국 선포한대로 글 쓴 대로 삶에 변화가 일어난다. 그래서 자신이 이루고 싶은 꿈과 목표가 있다면 그것에 대해서 글로 쓰는 것이다.

내가 원하는 삶일수록 글부터 써라. 조용히 일기를 통해서 자신의 마음을 적어 내려가도 좋다. 아니면 메일을 통해서 가까운 지인한테 자신의 솔직한 마음을 털어놓아도 된다. 어떤 방식으로든 글을 통해서 자신이 원하는 바를 쓴다면 변화들이 생길 것이다. 의식은 내가 쓴 글에 집중하게 되어 있다. 집중의 시간을 통해서 어느 순간, 방법에 대한 아이디어를 얻을 수도 있다. 글로 인해 변화될 수 있는 기회는 얼마든지 있다. 표현하지 않고 마음에 간직하고서는 그 누구도 모르고 자신까지 잊어버리게 된다. 내가 원하는 것은 글부터 쓰고 자신이 진정 원하는 삶을 이루기를 바란다.

쓰기 때문에 제대로 배운다

오늘, 나는 아주 중요한 것을 잊어버렸다. 없으면 나의 생활자체를 어렵게 만드는 것, 바로 안경을 잊어버린 것이다. 현재 나는 아이들과 필리핀 세부에서 생활을 하고 있다. 일요일이라 내가 살고 있는 막탄에서 대형 몰이 있는 세부시티로 고양이 사료를 사러 갔다. 고양이는 집안에 키우는 고양이가 아니다. 빌리지 근처 못 먹어 비쩍 말라 불쌍해 보이는 길 고양이 한두 마리에게 사료를 챙겨주다 보니, 지금은 그 길고양이를 내가 챙겨야 할 식구가 되었다. 큰 사이즈의 사료를 구매하기 위해 세부까지 간 것이다. 일요일이 그나마 교통체증이 심하지 않아 주로 일요일을 이용해서 세부로 나간다. 이 곳 필리핀 도로 트래픽도 장난 아니게 심하다. 그나마 시간대를 잘 골라서 가면 덜하다. 장을 다보고, 일요일이라 그나마 교통 체증 없이 뚫린 길을 운전해서 오는 길에 집 근처 자주 가는 sari-sari store에 들렸다. 아이들이 좋아하는 바나나를 사기 위해서이다. sari-sari store는 필리핀 도로가에 많이 있는 작은 구멍가게 같은 곳이다.

눈이 나쁜 나는 다 초점 안경을 쓰고 있다. 다 초점이 적응이 잘 되지 않아 가까운 것을 볼 때는 안경을 벗어야 한다. 나는 바나나를 사고 돈 계산을 하면서 안경을 벗어 물건위에 잠시 올려두었다. 계산을 하고 깜박 안경을 잊고 바로 차에 탔다. 차안에 운전용 안경이 있었기에 그것을 쓰고 집으로 왔다. 그때 이상한 점을 조금 느꼈었는데, 아이들이 세부를 나갔다 온지라 조금 피곤해 하는 것 같아 서둘러 집으로 왔다. 오는 길에 나는 안경이 없음을 인지하고 차 안에서 대충 눈으로만 다 초점 안경을 찾아보았는데, 보이지 않았다. 보이지 않더라도 어디 차 밑에 떨어졌거나, 주변 어딘가에 있겠지 하고 걱정하지 않았다.

집에 도착해서 이 곳 저곳으로 안경을 찾았는데, 이상하게도 아무리 찾아도 보이지 않았다. 급기야는 그 가게를 다시 찾았다. 물건주변을 찾아보아도 없고, 가게 아주머니한테 물어보아도 전혀 알지 못했다. 그때 내 머리를 스치고 지나가는 생각, 내가 바나나를 살 때 옆에 한 남자가 있었다. 그래서 그 남자를 아느냐고, 기억나느냐고 가게 아주머니한테 물어보았지만 기억을 못한다. 낭패이다. 그 안경이 없으면 워드 작업, 글쓰기를 못한다. '이런, 어떡하지?', 하지만 일은 벌어졌기에 전화번호를 적어주면서 만약 찾는데 도움을 주면 사례를 하겠다는 말을 가게 아주머니에게 남기고 집으로 왔다.

한 순간의 방심으로 대형사건이 발생했다. 꼭 있어야 할 물건을 잃어버리는 엄청난 상황이다. 세부 생활에서 가장 중요한 일로 규정한 글쓰기를 하는데 문제가 발생하여 아주 낭패감이 이만저만 아니다. 다른 사람의 손을 탄 것 같은데, 이 곳 필리핀에서 물건을 잊어버리면 찾기가 어렵다는 이야기를 들어서 그 전에는 유독 신경을 썼는데, 순간적으로 실수를 하게 되었다. 이 곳 세부에 와서 처음 있는 일이다. 그 동안 신경을 쓴 덕분으로 잘 지냈었다. 하지만 시간이 지나면서 마음이 헤이해진 것이 아닐까 생각해본다. 이렇게 중요한 물건을 잊어버리고 그 불이익을 느끼게 되면서 깨닫게 된다. 진작 조심할 걸. 평상시 별로 귀하게 여기지 않던 물건일지라도 막상 잊어버리고 나니, 그것의 소중함을 알게 되는 구나, 라고 자책도 하게 된다. 자신의 물건을 절대 손에서 놓으면 안 된다. 특히 잊어버리면 다시 찾기 어려운 외국에서는 특히 더 물건 관리에 신경을 써야 한다는 것을 다촛점 안경을 잃어버리는 경험을 하면서 제대로 배우게 되었다.

제대로 배운다는 것, 이렇게 속 쓰린 손실을 경험하지 않고도 가능한 방법은 있다. 그 방법이라고 한다면 스스로 표현해서 그것을 느끼고 배우고, 적용해보는 것이다. 표현에는 역시 2가지, 말하는 것과 글 쓰는 것이다. 자신이 알게 된 것을 제대로 배우고 숙지하기 위해서는 말하는 것과 글 쓰는 것을 활용하는 것이다. 그 2 가지만큼 무엇인가를 제대로 배우는 방법도 또 없을 것이다.

보건교사가 되기 위해 임용시험을 볼 때가 생각난다. 그 때 나는 30대 중반이었다. 늦은 나이에 임용고시라는 것을 준비하게 되었다. 막판 시험 2달 정도 남겨 두고 나는 어떻게 공부를 해야 할지 고심 했다. 가장 효과적인 공부방법이 무엇일까 생각했다. 그 당시 임용고시의 시험과목은 전공인 간호학과 교육학이었다. 지금 임용고시는 어떤 식으로 변화되었는지 자세히 모르겠지만 그 당시에는 교육학은 모두 객관식이었고, 전공인 간호학은 단답식을 포함해서 모두 주관식이었다. 교육학은 잘 모르면 찍기라도 할 수 있지만 전공은 주관식이기 때문에 모르면 답지를 비워 둘 수밖에 없다. 그래서 전공공부에 더 많은 시간을 투자했다. 주관식을 어떻게 준비할까 고민도 많이 했다. 고민 끝에 나만의 공부방법으로 정한 것은 나올 만한 문제를 미리 만들어 문제만 읽고 답은 먼 곳을 바라보면서 입으로 말하는 것이었다. 문제를 만들다 보니 전공 범위가 워낙 광범위해서 B5로 반을 접어서 사용했는데, 문제만 앞 뒤써서 7~8장 되었다. 문제를 적는 것만으로도 시간이 꽤 소요되었다. 그렇게 문제를 적은 종이를 매일 가지고 다니면서 스스로 말하면서 문제와 답을 중얼거렸다. 아는 문제는 빠르게 말을 하면서 지나갔고, 모르는 문제는 좀 더 시간투자를 해서 또박 또박 말로 연습을 했다.

이렇게 문제, 답을 번갈아 말하면서 공부하는 방식이 주관식 전공시험에 제대로 효과를 발휘했다. 유사한 문제가 나올 경우 말을 조금 바꾸어서 자신감 있게 이야기할 수도 있었다. 말을 할 수 있으니, 쓰는 것도 가능했다. 주관식 문제가 예상문제를 만들어 입으로 연습했기에 머리에 저장되었다, 그것을 시험 당일 날, 재생하기는 그렇게 어렵지 않았다. 그래서 주관식 문제의 대부분에 답을 쓰고 나는 시험에 합격할 수 있었다.

정보를 나의 언어로 말하는 것, 그 자체가 제대로 머리에 각인하는 방법이듯이 글쓰기도 마찬가지이다. 쓰면 제대로 머리에 각인이 된다. 각인된 것은 기억으로 남게 되고 삶을 변화시킨다. 말하는 것뿐 아니라 쓰는 것만큼 제대로 배우게 하는 것도 없다.

독서하는 사람들의 가장 큰 고민은 기억을 못한다는 것이다. 열심히 읽었지만 뒤돌아서면 잊어버려 읽은 시간이 어떤 때는 아깝게 여겨진다. 물론 머리 어느 곳엔가 저장되어있다고 위로하지만 내가 읽은 내용을 다시 끄집어내어 삶에 적용하기는 사실 쉽지 않다.

요즘 독서법에도 아웃풋 독서를 강조하고 있다. 읽는 것에 초점을 두던 관점에서 읽고 삶에 적용하는 수준까지 독서의 영역을 넓혀가고 있다. 하지만 독서의 효과는 고사하고 아예 읽었는지, 안 읽었는지도 헷갈릴 때가 있다. 많이 읽다보면 그런 착각도 일어날 정도로 까맣게 잊어버리게 된다. 읽는 양이 많을 경우에는 충분히 이런 상황도 벌어진다. 나도 도서관에서 빌린 책을 또 빌린 경우가 있다. 아마도 읽은 것을 기억하지 못했기 때문일 것이다. 이런 상황에서 가장 좋은 방법은 읽은 내용 중에서 문구 하나를 뽑아서 그것에 대한 나의 감상을 적어보는 것이다.

책을 읽고 마음에 와 닿는 문구를 나의 삶으로 끌어들이기에 가장 좋은 방법은 글로 쓰는 것이다. 한 문구라도 제대로 배우게 된다면 읽은 보람은 물론이고 그것이 나의 삶이 되어 읽는 만큼 변화되는 것을 느끼고 만족하게 될 것이다. 나는 독서 후 독서한 부분 중에서 명언을 블로그에 적는다. 그리고 그것에 대한 나의 느낌 나의 생각들을 포스팅한다. 아주 간단하게 적는다. 쉬운 방법이어야 부담 없이 자주 활용할 수 있기 때문에 최대한 간단히 적어도 스스로 만족한다. 그렇게 하더라도 내가 고른 그 문구는 나의 마음에 깊이 남게 된다. 독서 후 간단히 블로그 포스팅하면서 다시 되새기면서 느끼고, 배우며, 삶에 적용할 수 있어 좋다.

쓰는 것만큼 제대로 배우는 것도 없다. 공부한 것을 말로 중얼거리면서 다시 반복한다면 머리에 더 잘 입력된다. 쓰는 것도 마찬가지이다. 좀 더 깊이 있게 나의 마음에 새겨 넣고 싶다면 말보다는 오히려 글이 더욱 우세하다고 할 수 있다. 독서뿐 아니라, 어떤 주제를 정해서 글을 쓴다고 했을 때도 제대로 배우게 된다. 나는 초고를 쓰면서 책을 보면서 공부를 한다. 그래서 내가 관심 있는 주제에 대해 더 알게 되고 배우게 된다. 배움의 깊이가 글을 씀으로써 더욱 깊어진다고 할 수 있겠다. 좀 더 알고 싶고 제대로 배우고 싶을 때, 글쓰기를 한다면 당신이 원하는 대로 자연스럽게 그렇게 될 것이다.

쓰면 변화된다

이른 아침, 일어나자마자 나는 기본적으로 해야 할 일부터 한다. 늦은 결혼으로 인해, 내 친구들의 아이들은 대입시험 준비하고 있는데, 우리 아이들은 아직 초등학생 이다. 매일 아침, 아이들 학교 갈 때 필요한 것부터 아침에 미리 챙긴다. 현재 세부에서 세부 살이 1년차이다. 이 곳에서는 학교급식이 없다. 더운 나라라서 그런지, 아니면 아직 그런 기술력이 더 필요해서 그런지 학교급식 대신 아이들은 엄마 표 도시락을 싸서 등교한다. 새벽일어나면, 나는 아이들 수저부터 챙겨둔다. 전날 설거지해서 엎어 이른 아침시간까지 물기를 제거한 수저를 수저통에 넣고 도시락 가방에 넣어둔다. 간혹 도시락에 수저를 싸 주지 못해서 아이들이 몹시 난감했다는 이야기를 듣고 이것을 제일 먼저 챙긴다.

그리고 바닥을 쓸고, 대걸레질을 한다. 아이들이 어리고 이 곳 세부에는 곤충도 많고 날씨도 덥고 해서 특별히 위생에 신경을 더 쓴다. 그래서 매일 쓸고 닦자, 라는 원칙을 정했다. 매일 쓸어도 매일 쓰레받기의 1/3은 채운다. 아침에 쓸고 닦으면 좋은 것이 빠뜨리지 않고 할 수 있어서 좋다. 일어나자마자 하는 활동이 참 중요하다고 나는 생각한다. 소소하지만 중요한 이런 일을 일어나자마자 바로 하면 잊어버리지 않고 할 수 있어 좋다.

나는 새벽일어나자 마자, 소소한 일을 하는데 몹시 서두르는 편이다. 왜냐하면 이것을 해놓고 읽고 쓰기 위해서이다. 처음에는 일어나자마자 바로 읽고 쓰기를 했었는데, 그렇게 하니, 아이들이 일어날 때까지 읽고 쓰는 것만 하는 경향이 있어, 아이들 케어나 집안케어가 잘되지 않는다는 것을 알게 되었다. 그 이후부터 본격적인 읽고 쓰기를 하기 전, 더 부지런을 뜬다.

오히려 읽고 쓰기 때문에 나는 아침에 더 많은 일을 하는 격이 되었다. 아침 시간 편안하게 읽고 쓰기 위해서, 미리 엄마로서, 주부로서 챙겨야 할 일들을 미리 챙기게 되었고 시간이 갈수록 요령이 생기면서 이른 아침 많은 일을 할 수 있게 되었다. 그것이 아침을 덜 바쁘게 만들었다. 이것도 읽고 쓰면서 나에게 찾아온 변화이다. 이런 변화들이 반갑다.

나는 독서를 하기 시작하면서 새벽에 일어났다. 직장 맘이기에 책 읽을 시간이 부족했다. 원래 독서를 잘 하지는 않았지만 육아를 시작하면서 육아를 하기 위해 책을 찾아서 읽게 되었다. 필요에 의해 시작한 독서는 강력한 원동력이 된다. 한 권씩 육아서를 읽으면서 나는 육아 선배들의 노하우를 나의 것으로 무장하고 나의 육아에 적용하게 되었다. 그리고 좀 더 잘하게 되었다. 읽기 전보다는 모든 부분에 도움을 받게 되었다. 그러면서 책 읽는 재미까지 느끼게 되면서 좀 더 집중해서 독서를 하고 싶은 욕심이 생겼다. 퇴근 후는 피곤하여 도저히 읽고 싶지 않기 때문에 나는 새벽기상을 결심했다. 새벽독서는 몰입독서가 가능한 독서이다. 그래서 나는 1시간을 읽더라도 낮에 3시간을 읽는 것보다 더 큰 효과를 보았다. 그렇기에 새벽에 안 일어날 수가 없는 것이다.

독서하면서 시작한 새벽기상, 글을 쓰면서 그 시간을 더 앞당겨졌다. 인생 첫 책을 써야겠다고 생각하고 글을 쓰기 시작했다. 글이라고는 그 전 써보지 않다가 굳은 결단과 함께 시작은 했지만 글쓰기가 쉽지 않았다. 글은 쓰면서 배운다고 했던가, 힘든 마음에도 불구하고 글을 계속 썼다. 처음에는 도저히 혼자 힘으로 글을 쓴다는 것이 불가능해서 자판을 두드리면서 필사를 했다. 남의 글을 그대로 베껴 쓰면서 자판도 두드리고, 나의 마음도 조금은 적응이 되어 글 쓰는 자체를 거부반응 없이 받아들이게 되었다. 필사가 신기하게도 구세주였다. 글을 쓰기에 두려움과 좌절감을 가지고 있는 사람이라면 감정을 억누르지 말고 그 대로 인정하고 받아들여라. 그리고 처음에 아무 생각 없이 시작할 수 있는 필사를 나는 권하고 싶다. 필사는 하다보면 쓰는 것에 재미를 느끼게 된다. 나도 마찬가지였다. 재미를 느끼면서 나는 새벽기상 시간이 더 앞당겨졌고, 새벽글쓰기 시간도 길어졌다.

글쓰기 시작하면서 새벽 기상시간, 4시로 목표를 세웠다. 새벽 몇 시에 일어나느냐에 따라 활용할 수 있는 새벽의 시간이 달라진다. 아이들이 일어나기 전 아침을 준비해야 하는 그 시간까지 나의 새벽 시간이 된다. 5시에 일어나면 2시간, 4시에 일어나면 3시간정도가 된다. 독서 1시간 정도 한다고 할 때, 1시간, 2시간을 글쓰기 시간으로 가질 수 있다. 매일 1시간, 2시간만 글을 쓴다면 인생 첫 책 쓰기 버킷리스트도 빠른 시간 내에 달성할 수 있을 것이다. 1시간, 책 쓰기 정보가 담겨져 있는 책 쓰기 책을 읽으면서 뒤의 1~2시간은 실제로 글을 쓰는 것이다. 이런 시스템을 자신의 하루에 장착한다면 작가되는 것은 시간문제일 것이다. 중간에 고비도 있다. 새벽에 일어나는 문제를 해결해야 한다. 이것 또한 새벽의 가치를 깊이 느끼고 자신에게 확실한 방법을 찾는다면, 충분히 극복될 수 있다고 본다. 그렇게 글쓰기 하면서 나의 새벽시간은 더 앞당겨졌다. 4시를 기상 목표로 해서 지금도 계속 노력하는 중이다.

읽기만 할 때보다 쓰는 활동이 추가되었을 때 더욱 변화된다. 읽는 것은 정보 입력에 해당된다. 읽음으로써 모르던 수많은 지식과 정보, 작가의 노하우들을 알게 된다. 알게 된 내용 중에서 나에게 꼭 필요한 것들은 나의 머리에 제대로 입력된다. 필요한 것이기에 더 잘 기억은 된다. 내가 육아서를 읽으면서 빠르게 육아법을 습득한 것과 같다. 나는 육아를 하면서 육아법이 간절했었다. 간절한 만큼 육아서에 나오는 지식과 지혜, 방법과 노하우들은 그대로 나의 머리에 박혔다. 지금 당장 아기에게 해주어야 할 care는 물론 이 아이가 좀 컸을 때 나이별로 무엇을 중점적으로 관리해주어야 하며, 이 아이가 살게 될 21세기를 위해 어떤 능력을 계발하도록 도와주어야 할지, 책이 아니었으면 생각해보지 못했을 것들을 생각하는 계기가 되었다. 이런 생각들, 아이디어들을 글로 쓴다면 어떻게 될지 짐작이 갈 것이다. 나는 독서를 통해서 알게 된 지식과, 그것을 계기로 해서 생겨난 아이디어들을 바탕으로 글을 썼다. 글을 통해서 나는 한 번 더 반복하게 되었고, 시뮬레이션 하듯, 구체적으로 그리게 되었다. 그렇기 때문에 삶은 글을 쓸수록 변화되었다.

만약 읽는 거 대신에 쓰는 활동만 한다고 하더라도, 변화는 일어난다. 순수하게 자신의 머리에서 나온 변화일 가능성이 크다. 그것 자체도 훌륭하다. 하지만 글을 쓸 때 조금이라도 읽으면서 쓰는 것이 내 인생에 더 값진 변화를 유발할 수 있다. 왜냐하면 독서를 통해서 수많은 핵심 단어와 사례와 스토리, 이야기들이 나의 뇌를 자극하기 때문이다. 그렇더라도 결정적인 변화의 실마리는 글이라고 할 수 있다. 확실히 눈에 보이는 결과물이 있고, 좀 더 구체적으로 상상하고, 시연하는 것과도 같은 글쓰기는 강력한 행동 촉진제가 되고 그 행동의 결과, 삶의 변화로 이어진다.

　글 쓰는 것이 독서보다 더 많은 것들을 변화시킨다. 독서만 할 때는 잘 몰랐다. 독서한지 5년 만에 책을 출간한 나는 출간을 하고 나서 알게 되었다. 출간 후 나는 생각했다. '책은 젊었을 때 써야 한다. 왜냐하면 글 쓰는 것은 삶을 살면서 필요한 모든 것들을 느끼고 배우게 하고, 그것을 수단으로 더 긍정적인 삶을 오랫동안 살 수 있게 하기 때문이다. 내가 조금만 더 일찍 글을 썼었더라면 하는 아쉬움을 느꼈다. 하버드에서도 4년 내내 글쓰기를 가르친다고 한다. 과제나, 수업방식도 대부분 에세이를 써서 본인이 주장을 하고 그 주장에 대한 근거자료를 제시하는 식으로 공부를 한다고 한다. 독서만 할 때 모르는 것을 글을 쓰면서 깊이 깨닫게 된다. 쓰기 전에 생각하고 쓰면서 한 번 더 깨닫게 되고 확신하게 되면서 그 글은 나의 삶을 변화시킨다. 쓰는 것 이제 뒤로 미루면 안 된다. 쉽게 짧은 글부터 시작하고 긴 글 또한 일상처럼 쓰라. 글은 나의 평범한 언어가 되어 가치 있고 멋진 인생으로 삶을 변화시킬 것이다.

글쓰기만큼 인생에서 든든한 것도 없다

"엄마~ 생일선물로 레고 갖고 싶어요."

아들은 초등학교 4학년이지만 여전히 레고 팬이다. 그래서 수시로 레고에 대한 열망을 표현한다. 생일이 10개월이나 남았는데도 미리부터 레고 타령이다. 그래서, 이 참에 말하는 방식을 공부시킬 목적으로 평상시 강조했던 식으로 '말하는 규칙'대로 다시 이야기해보라고 했다.

"수홍아, 레고가 그렇게 좋아? 왜 레고를 갖고 싶어? 그 이유를 말해주면 엄마가 더욱 잘 이해할 것 같아, 엄마가 가르쳐 주었듯이 1, 2, 3 순서대로 다시 말해보자."

말하는 법 1, 2, 3은 임시로 정한 방법이다. 즉, 1은 자신이 말하고 싶은 내용, 2는 그것의 이유나 기타 자세한 부분에 대해서 이야기하는 것, 3은 다시 한 번 더 자신이 하고 싶은 말하기이다. 나는 글을 쓰면서 1, 2, 3의 논리 구조가 중요하다는 것을 알게 되었다. 아이들 수준에 맞도록 쉽게 1, 2, 3으로 정했지만 결국이것은 서론-본론-결론이고, 또한 한 문단을 말하거나 쓰는 가장 기본적인 구조인 것이다. 나는 아이들이 어릴 때부터 이 방식으로 이야기하는 것을 습관들이도록 하기 위해 강조하고 있다. 하지만 사실 쉽지가 않다. 쉽지가 않지만 꼭 우리가 몸에 익혀야 할 부분이다.

평상시 말하는 것부터 서론-본론-결론의 구조로 한다면 글쓰기도 쉬워진다. 자연스럽게 글 쓰는 연습이 된다. 글쓰기를 통해서 얻을 수 있는 것들은 너무나 많다. 그렇기 때문에 글보다 많이 하게 되는 말, 이 말을 할 때도 논리적 구조를 활용해서 미리 연습하는 것이다.

하버드 대학에서는 4년 내내 글쓰기 교육을 한다고 한다. 글쓰기 교육의 최종 목표는 논리적 사고를 키워 설득력 있는 글을 씀으로 인해 세상에 영향력을 키우는 힘을 기르기 위함이다.

나는 하버드에서 글쓰기를 이렇게 강조하는 줄 몰랐다. 지식과 지혜의 습득이 더 중요할 것이라는 생각을 할 수 있지만 한편으로 지식과 지혜를 잘 풀어내는 논리적 사고가 더 필요하겠다는 생각을 하게 되었다. 머리에 많은 지식과 지혜가 쌓여 있으면 무엇 하겠는가? 혼자만의 삶에 그것들을 활용하는 것으로 끝이 난다면 의미가 없어지게 될 것이다. 배운 것을 잘 풀어내고 다른 사람에게 긍정적인 영향을 미칠 경우에 배움의 진정한 가치가 있는 것이다. 그렇게 다른 사람에게 오랫동안 잘 풀어내는 방법이 글쓰기일 것이다. 말은 한순간에 사라지지만 글은 오랫동안 두고두고 볼 수 있고 그렇기 때문에 더욱 많은 사람에게 영향을 미칠 수 있다.

어릴 때 만약 글쓰기 교육을 받았다면 많이 달라졌을 것이란 생각을 한다. 한국의 교육현장에서 글쓰기에 대한 중요성이 강조된 것은 최근이다. 그렇기 때문에 아직 많이 더 노력하고 개발해야 한다. 우리 어릴 때 교육과정에서는 특별한 몇몇의 사람을 제외하고는 글쓰기에 무관심했다. 누구도 강조하는 사람도 없었다. 그런 환경에서 글쓰기에 무관심하고 특별히 가치를 부여하지 않는 것은 당연한 것이다. 글쓰기에서 필요한 논리적 사고를 제대로 배울 수 있었을 텐데, 지금도 아쉬움이 남는다. 그래서 나는 나의 아이들에게는 반드시 이것을 가르쳐야겠다고 생각했다. 송 숙희 작가도 《150년 하버드 글쓰기 비법》을 쓰다가 아들에게 하버드 대학에서 다시 공부하라고 전화했다고 한다. 그러면서 아들이 하버드 대학교에서 글쓰기 공부를 할 수 있다면 아들이 남을 움직이며 충분히 앞가림하겠다고 생각했다고 한다. 하버드 대학은 일찍이 글쓰기의 효과를 감지하고 150년 동안 글쓰기 프로그램을 개발하고 발전시켜 왔기 때문에 그런 욕심이 나또한 생긴다.

글쓰기 자체가 인생 든든한 받침대가 되는 이유에 대해 다시 한 번 정리 해 본다.

첫째는 논리적 사고방식을 터득하게 된다.

글쓰기의 가장 핵심적인 효과가 논리적 사고 방식 획득이라고 할 수 있다. 글을 쓰려면 기본적인 기술이 있다. 그것이 바로 서론-본론-결론이다. 또 다른 사람은 자신의 주장이나 메시지-이유-적절한 사례-주장이나 메시지 강조 순이라고 이야기한다. 표현만 다를 뿐 같은 맥락의 구조이다. 이 구조로 글을 자연스럽게 쓰게 되면 모든 생각을 이 구조로 하게 된다. 남들을 설득하기에 가장 좋은 구조인 것이다. 삶이 설득이라고 할 수 있을 정도로 우리는 설득을 하면서 사는 인생이기에 이 사고방식은 삶에 요긴한 기술이라 할 수 있다.

둘째는 대중 앞에서 말할 때 글쓰기가 도움이 된다.

보통 사람은 대중 앞에 나서는 것을 꺼려한다. 두려움을 느끼기까지 한다. 굳이 그렇게 까지 자신을 궁지로 몰아 두려움을 느낄 필요는 없는데, 마음대로 되지 않는다. 이것을 해결하는 방법은 말하는 방법을 제대로 배우는 것이다. 말하는 기술, 방법만 안다면 이런 부정적인 심리상태에서 벗어날 수 있다. 말하는 기술, 방법으로 가장 중요한 부분은 사고방식, 즉 논리적 사고방식이다. 내가 하고 싶은 말-이유-적합한 사례-하고 싶은 말 재강조 식으로 하면 대중 앞에서도 자신감을 가지고 말할 수 있다. 개인적 만남에서의 대화에도 당연히 자신이 표현하고 싶은 대로, 상대방이 알아듣기 쉽도록 말할 수 있게 된다.

셋째, 쉽게 긴 글을 채울 수 있다.

짧은 글은 어떻게든 해보겠는데, 긴 글은 도저히 할 수 없다, 라고 생각하는 사람이 의외로 많다. 어쩔 수 없는 상황에서 긴 글을 써야한다고 해서 시도해도, 시간이 너무나 많이 걸린다. 이유는 하나, 사고방식에 있다. 논리적 사고방식이 없기 때문에 A4 1장, 2장을 채우지 못하는 것이다. 논리적 사고방식으로 각 항목별로 한 문단이나 두 문단으로 쓰면 금방 A4 1장, 2장을 채울 수 있다. 생각보다 빠르게 채워지는 것을 보고 깜짝 놀랄 수도 있다.

넷째, 핵심중심 표현을 하게 된다.

글쓰기 방법은 주로 두괄식이다. 내가 하고 싶은 메시지를 첫 문장에 쓰고 그 다음 문장부터 그 메시지에 대해 풀어준다. 그렇기 때문에 내가 하고 싶은 메시지, 그 핵심을 제대로 잡는 버릇이 생긴다. 그렇기 때문에 핵심중심의 글을 쓸 수 있고, 말할 때도, 아무리 시간이 없더라도 중요한 핵심을 놓치지 않게 된다.

다섯째, 의사소통능력이 좋아진다.

핵심 위주의 논리적 전개의 말이나 글로 인해 상대방은 내가 말하거나 쓰는 글을 잘 이해하게 된다. 하고 싶은 말이 있지만 잘 표현하지 못하는 경우가 있을 수 있는데, 논리적 사고방식대로 그 순서에 따라 이야기하는 버릇을 들이면 문제없이 의사소통을 할 수 있다. 글도 마찬가지이다.

여섯째, 사회성이 발달한다.

말과 글이 잘 통한다면 사회성은 점점 더 발달 될 것이다. 발달이기 때문에 아이들에 국한되는 것이 아니다. 다 성장한 어른들이라도 글쓰기를 통해 논리적 사고로 의사소통하다보면 부족한 사회성도 극복하게 되고 발달하게 된다.

나는 지금도 아이들에게 1, 2, 3 식의 논리적 사고 전개를 강조한다. 아이들은 아직 어안이 벙벙한 눈치이다. 여러 번 설명을 하지만 그것을 왜?, 해야 하는지 이해를 잘 못한다. 네가 하고 싶은 말을 하고 그 이유가 무엇인지 말해 줘, 그리고 다시 한 번 너는 그것을 꼭 하고 싶다고 이야기하면 돼, 라고 이야기해준다. 글쓰기도 그렇게 하라고 강조한다. 소중한 나의 아이에게 글쓰기를 강조하는 것은 인생에서 든든한 긍정적인 효과를 확실하게 안겨다 줄 것이란 것을 알고 있기 때문이다. 나 또한 계속 글쓰기를 하고 있다. 하루 한 꼭지쓰기를 목표로 세워 매일 A4 2장에서 2장반을 쓰려고 노력한다. 어릴 때 제대로 글쓰기를 하지 못했지만 이제는 매일 쓰려고 한다. 논리적 사고방식, 나의 무기, 말과 글, 확실한 의사소통, 활발한 사회생활을 글쓰기를 통해서 얻을 수 있다. 글쓰기는 가장 큰 인생 자산이다. 든든한 인생 자산인 글쓰기, 쓰는 만큼, 쓰는 대로 삶은 긍정적으로 변화될 것이다.

글쓰기는 곧 성장, 도전, 기회, 삶의 변화이다

새벽부터 아이가 열이 난다.

"엄마, 몸이 뜨거워요."

잠결에 아이가 부르는 소리에 잠을 깼다. 아이의 몸을 만져보니, 온 몸이 불덩이다. 어제 저녁에 피곤하다면서 침대에서 혼자 조용히 자더니, 그것이 전구 증상이었다. 아들은 이렇게 자주 잔병치레를 한다. 근육을 키운다고 몰아치기 운동을 하더니, 또 갑자기 감기가 들어 열이 나고 축 쳐져있는 모습을 하고 있다. 건강은 과신하면 안 되는 데, 이것을 아이가 깨닫기를 바라면서 나는 열을 내리게 하기 위해 물수건을 만들었다. 물수건으로 온 몸을 닦아주고 수건 두 개로 머리와 배 쪽에 하나씩 대어주었다. 시간이 지나면서 열이 조금씩 내려가는 느낌이 든다. 해열제는 좀 더 관찰하고 먹일 생각으로 열이 내리기를 기다린다.

이 곳 필리핀 세부에 왔던 해, 2018년에는 거의 감기를 하지 않았다. 9월에 왔으니 지금 이맘 때였다. 한국의 가을에 해당되는 이 시기가 필리핀에서도 환절기이다. 날씨가 선선해지기 전의 환절기인데, 1년이 지난 지금 열 감기를 자주 한다. 둘째 딸아이는 거의 열 감기를 하지 않는데 아들이 자주 걸린다.

현재 '새벽 5시' 이제 1층으로 내려가서 나의 작업을 할 시간이다. 아들 열도 좀 내렸고 노트북을 챙겨 아래층으로 내려가려는데, 아들도 따라 내려간다고 일어났다. 결국 함께 내려와 아들은 소파에 누워 잠을 청했다. 나는 아침에 해야 할 일을 하면서 중간 중간 아들의 열을 체크했다. 다행히 해열제 섭취는 뒤로 미루어도 될 상황이다. 나는 노트북을 켰다. 그리고 아침마다 1꼭지 쓰기 목표를 위해 목차를 확인하고 오늘 쓸 꼭지 글을 정했다.

아이가 아프지만 아이의 열을 체크하면서 글쓰기를 한다. 꼭지 제목을 확인하고 글쓰기 일기장에 그 꼭지의 개요를 작성한다. 서론-본론-결론 부분에 어떤 사례를 넣을지 과거, 현재, 미래를 더듬으면서 아이를 관찰한다. 아이가 뒤적거릴 때마다 의자를 빼고 아이에게로 가서 아이의 얼굴을 확인한다. 다행히 잠들어 있고, 팔을 만져보니, 열은 있지만 아직 약이 필요하지 않을 정도이다.

우리 집 노견 '모두'는 가끔씩 짓는다. '모두'가 짓는 이유는 일으켜 달라고, 혹은 대, 소변이 급할 경우이다. '모두'는 15살 먹은 토이푸들이다. 현재 뒷다리 관절이 안 좋아 혼자서 일어나기 힘들어한다. 가끔은 일어나기도 하지만 자주 주저앉는다. 뒷다리 관절이 많이 좋지 않은 상태이다. 그리고 눈도 거의 안보이고, 귀도 거의 들리지 않는다. 그런 상황에서도 대, 소변은 꼭 밖이나 화장실에서 하겠다고 짖어 댄다. 그럼 나는 글을 쓰다가도 모두를 마당으로 데리고 나가야 한다. 급했던지 마당에 내려놓자마자 바로 쉬를 하는 경우가 많다. 한편으로 불쌍하다. 하지만 어떡하겠는가? 노쇠해서 자연으로 돌아가는 수순을 밟고 있는 것을……. 나는 그렇게 생각하면서 안쓰러운 마음으로 '모두' 케어를 해준다. 한 날은 일으켜 세운 횟수를 기록해보았더니, 30번은 되었다. 몸이 안 좋으면 가만히 쉬면 될 텐데, 몸이 이상하니까 더 용을 쓰는 모양이다. 하루 30번씩 글 쓰다가 중단하게 된다. 그래도 나는 쓰기를 완전히 중단하지는 않는다. 매일 그렇게 글을 쓰고 있다.

글을 못 쓸 상황은 없다. 아이가 아파도, 상상조차 하지 않았던 노견의 뒷수발을 들면서도 쓴다. 힘들다고 생각되는 때도 있지만 글이란 것은 상황에 맞추어서 얼마든지 쓸 수가 있다. 나는 매일 글을 쓰는 것을 평생하기로 정했다. 인생 첫 책 쓰기, 출간까지 원칙을 최대한 지키면서 정석대로 쓰려고 노력했다면 지금 글쓰기는 좀 더 융통성 있게 나의 방법을 찾아가면서 쓰고자 한다. 나는 직장인이다. 잠시 휴직을 하고 있는 상태로 글 쓰는 것이 직업이 아니다. 그렇다 하더라도 글쓰기를 통해서 많은 부분이 변화되었다. 앞으로의 삶을 평생 쓰겠다고 생각했다. 글쓰기만큼 자기계발이 잘 되는 방법도 없다. 글은 어떤 힘든 상황에서도 쓸 수 있다. 상황에 맞추어 한 문장을 써도 되고, 두 문장을 써도 괜찮다. 글 쓰는 것으로 변화될 삶의 미래를 생각하면서 매일 그렇게 쓰면 된다.

글쓰기의 또 다른 이름은 성장, 도전, 기회, 삶의 변화이다.

첫째, 글쓰기는 성장이다.

내 인생 첫 책 《하루 한권 독서법》을 출간하면서 독서법에 대해 더욱 많이 알게 되었다. 초고를 쓰면서 나는 많은 독서법에 대한 책을 찾아보았다. 그 전에 어떤 책이 출간되었으며, 어떤 콘셉트로 책이 쓰여졌는지 여러 책을 보면서 나름 분석을 했다. 다른 책을 봄으로 해서 나의 글을 어떤 방향으로 잡을지

정할 수 있다. 방향만 정하는 것이 아니라, 다양한 독서법에 대한 정보도 얻게 된다. 그리고 독서법 책만 보는 것이 아니다. 독서와 직접적 관련 없는 주제이지만 아이디어를 얻기 위한 도서를 정해서 또 읽게 된다. 그래서 누군가는 한 권의 책의 초고를 쓰기위해 100권의 책을 읽는다, 라고 이야기했다. 보통 그 정도까지는 아니더라도 최소 50권 정도는 읽고 초고를 쓰게 된다. 이렇게 글을 쓰는데, 책을 읽는 것이 자연스런 과정이다. 읽은 책의 양만큼 알게 되고 깨닫게 되면서 성장하게 된다. 출간의 목적이 아닌 글쓰기일지라도 글을 쓰면서 그 주제에 대해 읽고 깊이 사색하기 때문에 더 성장하게 된다. 모든 글쓰기는 성장이 기본적으로 일어날 수밖에 없는 것이다.

둘째, 글쓰기는 새로운 도전을 만든다.

글쓰기를 통해서 나는 내 인생 첫 책 도전에 대한 믿음을 가지게 되었다. 어느 날 새벽, 독서한지 5년이 지난 뒤, 나는 내가 도움을 받은 그 책을 나도 써서 다른 사람들에게 도움이 되게 해야겠다, 라고 생각했다. 받은 것을 나도 내놓아야 한다는 마음이었다. 하지만 막막한 상황이다. 읽기는 열심히 했고 자신 있지만 쓰는 것은 어떻게 해야 할지 몰랐다. 그래서 쓰기 위해 내 글이 아닌 남의 글을 썼다. 그렇게 조금씩 나는 감을 잡았고, 책 쓰기 도전에 자신감을 가지게 되었다. 책 출간의 목표가 있다면 무조건 쓰면서 그 목표를 달성하라고 나는 권하고 싶다. 쓰면 어떻게 쓰면 되는지 그 방법이 생각이 난다. 쓰지 않고 생각하면 아주 모호했던 것들이 쓰면서 생각하면 그래도 선명하게 들어난다. 그렇게 시작해서 결국 나는 책 쓰기 도전을 성공했다.

또 하나의 도전은 필리핀 세부 살이이다. 글을 쓰면서 두려움이 적어진다. 때론, 나는 생각한다. 반백년을 산 내가 무슨 용기로 세부 살이를 하고 있을까? 현재 나는 필리핀에서 세부 살이 중이다. 현재 1년을 살고 있다. 사람은 나이가 들수록 새로운 환경에 대한 두려움을 더 가지게 된다. 나이를 먹으면서 나는 그것을 몸으로 느끼게 되었다. 하지만 이런 두려움도 글을 쓰면서 극복할 수 있었다. 내가 꼭 해보아야 할 꿈과 목표가 있다면 글쓰기를 통해서 마음의 안정을 찾고 그 꿈과 목표만을 바라볼 수 있는 시간을 가지길 바란다. 그렇게 과감히 도전이 가능하게 된다.

셋째, 글쓰기는 새로운 기회를 안겨다 준다.

글쓰기를 통해서 성장하고, 도전하기 때문에 새로운 기회는 자연스럽게 나에게 다가온다. 기회가 오더라도 성장하지 않았다면 그 기회를 나의 것으로 만들지 못하고 놓치게 될 것이다. 하지만 글쓰기를 통해서 충분히 준비가 된 상태에서는 기회를 잡는 것만이 남았다. 기회는 또한 새로운 성장과 도전으로 이어지게 된다. 서로 선순환이 일어난다.

넷째, 글쓰기는 삶의 변화이다.

초고를 썼기 때문에 나는 작가가 되었다. 작가가 된 이후 더욱 나는 쓰고 있다. 나는 쓰는 것을 일상생활에서 가장 중요한 것으로 정했다. 그렇게 한 이유는 초고를 썼기 때문에 작가가 된 것처럼 계속 글을 쓰면 또 다른 삶의 변화가 있을 것이란 확신이 있기 때문이다. 쓰는 행위, 매일 쓰는 습관은 나를 배신하지 않을 것이다. 쓴 만큼 나는 변화되고, 내가 변화되니 삶도 변화될 것이다. 나 자신에게도, 다른 사람에게도 나의 글쓰기가 유익한 영향을 끼칠 것이다.

글쓰기 자체는 성장, 도전, 기회, 삶의 변화이다. 꾸준한 글쓰기는 당신을 결코 실망시키지 않을 것이다. 글쓰기에 대한 중요성을 그 동안 잘 몰랐다. 하지만 이제는 달라졌다. 글쓰기가 그 사람을 가장 잘 표현하는 부분이라는 것을 인정한다. CEO 사장들은 메일을 받으면 그 사람이 운영하는 SNS 글부터 확인한다고 한다. 이런 글쓰기, 나의 삶으로 장착한다면 매일 변화되는 시간을 가지게 될 것이다. 쓰면 좀 더 깊이 있게 생각하게 되고, 이것이 성장을 보장하게 된다. 성장할수록 지금 상태에서 머무르지 않는다. 사고의 변화, 의식수준의 향상이 우리의 삶을 이끌게 된다. 그래서 그 동안 해보지 않았던 분야에 도전장을 던지게 된다. 도전 한 만큼 새로운 기회는 자동적으로 따라온다. 그 기회로 삶은 또 다른 모습으로, 수준 있는 방향으로 변화되어 간다. 그 방향은 성공을 향한 것이고 진정 자신이 원하는 삶의 모습일 것이다. 이제는 쓰면서 살아가자. 쓴 만큼 당신은 성장하고 도전하며 새로운 기회로 인해 삶이 변화될 것이다. 이제 당신에게 쓰는 일만 남았다.